World's end.

Our beginning.

Von R. M. Amerein

World's end.
Our beginning.

von R. M. Amerein

FSC
www.fsc.org
MIX
Papier aus ver-
antwortungsvollen
Quellen
Paper from
responsible sources
FSC® C105338

Bibliografische Information der Deutschen Nationalbibliothek:
Die Deutsche Nationalbibliothek verzeichnet diese Publikation
in der Deutschen Nationalbibliografie; detaillierte bibliografische
Daten sind im Internet über https://dnb.dnb.de abrufbar.

Impressum:
Raphaela Meyeroltmanns, Berliner Str. 13, 50859 Köln
Webseite: https://tintenfass.info
Instagram: _tintenfass

Covergestaltung: Désirée Riechert
Bildnachweise von Adobe Stock:
© grandfailure #370099809, © MANUEL #482520580,
© Igor #464199372, © Angela Harburn #26273353,
© Dmitriy Rumyantsev #51038769

Lektorat und Korrektorat: Melina Coniglio

Kapitelzierden mit lizenziertem Bildmaterial (Continuous line
drawing sailboat) von © Valenty

Kapitelüberschriften mit lizenzierter Schriftart (Oh Captain
Font) von © Salt & Pepper Designs

Herstellung und Verlag: BoD – Books on Demand, Norderstedt
ISBN: 9783756242276

Für Dani.
Jede Geschichte, die ich mit dir schreibe, hat einen besonderen
Platz in meinem Herzen.
Aber du selbst nimmst immer noch mit den
größten ein.
Danke, dass es dich gibt!

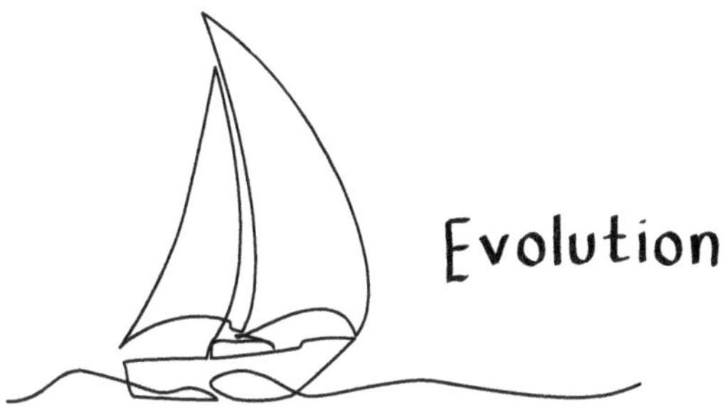

Evolution

Er spürte das raue Holz der Scheunenbretter im Rücken, als er sich dagegen drückte. Nachdem ein paar Sekunden vergangen waren, schob er sich auf Zehenspitzen ein Stück zur Ecke und wagte einen Blick.

»Mist«, raunte er und zuckte sofort wieder zurück. Das war knapp gewesen. Greedy hätte ihn fast entdeckt. Dabei war ihre Mission doch von Heimlichkeit und dem Überraschungsmoment abhängig.

»Cooper«, wisperte eine wohlbekannte Stimme von oben.

Der Angesprochene warf einen Blick hinauf und hob eine Augenbraue. Sein gesamter Gesichtsausdruck war ein genervtes Fragezeichen. Tico kauerte bäuchlings auf der oberen Etage der Scheune und zeigte hektisch mit dem Finger auf Greedy.

»Ich weiß«, schimpfte Cooper dumpf und vollführte mit der flachen Hand eine Geste am Mund, die seinem Freund bedeuten sollte, leise zu sein.

Wer von ihnen auf diese Schnapsidee gekommen war, konnte er nicht mehr sagen. Eigentlich hatte er die Lage im Blick behalten sollen – von dort, wo

Tico saß. Allerdings bestand bei seinem Freund die größere Gefahr, dass sie aufflogen. Draußen wären sie mit Sicherheit längst zu einer Ewigkeit als wandelnde Super-Leiche verdammt worden, weil Tico so laut durch die Welt trampelte und somit ein leicht zu erreichendes Ziel bot. Und doch waren sie hier und versuchten, dem armen Greedy einen Streich zu spielen.

Cooper wischte sich noch einmal über das Gesicht, dann griff er in die Hosentasche und holte die Flasche mit dem Glitzerstaub heraus. Er war nicht stolz darauf, sie dem Fundus entwendet zu haben, denn die Kinder fuhren voll auf diesen Kram ab. Leicht zu bekommen war er außerdem nicht, solche Luxusgüter waren selten geworden. Aber was tat man nicht alles dafür, um die Moral ein bisschen zu heben?

Ursprünglich hatten sie gedacht, Greedy würde schlafen. Niemand konnte den Alten richtig leiden, er war ein Griesgram und ertränkte seine Sorgen in Alkohol. Cooper verstand diese Art der Verdrängung nicht. Sicher war das einfacher, als sich der Realität zu stellen. Allerdings konnten geschärfte Sinne über Leben und Tod entscheiden. Also war es gar nicht so verwerflich, dass sie dem Mann das Dasein ein bisschen versüßen wollten, oder? Glitzer machte alles besser, das behaupteten ein paar der Mädels zumindest immer. Heute bestand der Plan der beiden Freunde darin, herauszufinden, ob das wirklich stimmte.

Cooper fasste sich ein Herz und pirschte sich zu einem der Stützpfosten vor, wo er erneut stehen blieb und abwartete. Aus den Augenwinkeln sah er, wie Ticos Dreads wild umher hüpften, als dieser ermutigend nickte und beide Daumen hochstreckte. Es zauberte ihm automatisch ein Lächeln auf das Gesicht, denn Ticos Begeisterung war stets ansteckend.

Und noch ein Stützpfosten weiter. Jetzt war Greedy so nah, dass Cooper den Alkoholgestank wahrnehmen und sein leises Gebrabbel hören konnte. Einzelne Worte verstand er zwar nicht, aber er hatte bisher auch nicht erlebt, dass mal etwas Vernünftiges aus dem Mund des Alten gekommen wäre.

Mit einem viel zu lauten *Plopp* entriegelte Cooper die Glitzerdose und presste die Augenlider zusammen, weil er Schiss hatte, entdeckt worden zu sein. Als er sie wieder öffnete, sah er vor sich nur Tico, der ihm zu grinste und von der Kante wegrutschte. Das war sein Zeichen, es musste jetzt schnell gehen und dann sollten sie verduften.

Genau in diesem Moment sagte Greedy laut und deutlich und mit einer Ernsthaftigkeit in der Stimme, die das Blut in Coopers Adern gefrieren ließ: »Sie sind hier.«

»Seit wann scheißt du dich bei dem, was der Irre erzählt, so ein?« Tico hatte die Hände in die Hosentaschen gesteckt und ging federnden Schrittes neben Cooper her. Die nussbraunen Iriden schimmerten anklagend, als er ihn ansah.

»Hättest du gehört, wie er geklungen hat, hättest du bestimmt auch einen Rückzieher gemacht.« Cooper lief erneut ein Schauer über den Rücken.

»So kenn' ich dich ja gar nicht. Außerdem hättest du ihn trotzdem in Glitzer baden können.«

»Wir holen das nach, okay?« Dass er so feige den Rückzug angetreten hatte, war Cooper ein bisschen unangenehm. »War eh nicht die beste Gelegenheit. Das nächste Mal warten wir ab, bis er schläft.«

»Also eine Nacht- und Nebelaktion?«

Ein Grinsen erschien auf Coopers Gesicht. »Ganz genau, die hast du doch am liebsten, hm? Weil du so schurkisch bist.«

Tico beschleunigte seine Schritte und überholte ihn, dann kam er vor ihm zum Stehen und legte die Hände auf seine Oberarme. »Disst du mich etwa gerade?« Er näherte sich Coopers Gesicht und kniff ein Augenlid zu, um ihn aus dem noch offenen abschätzig zu mustern.

Es war nicht das erste Mal, dass Tico ihm so nahekam, und auch nicht, dass sich Cooper dann nach vorn lehnen wollte, um ihn zu küssen. Wie immer verkniff er sich das, obwohl es ihn viel Willenskraft kostete.

»Kann schon sein«, antwortete er stattdessen verschmitzt. »Am besten lässt du mich wieder die ganze Arbeit machen.«

»Hey, im moralischen Beistand bin ich ziemlich gut. Wehe, du behauptest etwas anderes.« Tico nahm die Hände wieder herunter und trat einen Schritt zurück.

Pfiffe unterbrachen ihr Gespräch. Es brauchte nur die übliche Sekunde an Reaktionszeit, bevor sowohl Tico als auch er selbst in einen automatisierten Ablauf wechselten. Die Laute waren ein Signal an alle, dass sich eine große Gruppe an Locos näherte. Die spanische Bezeichnung stammte von Tico und bedeutete *die Verrückten.* Im Grunde waren diese Dinger viel mehr als das. Cooper kämpfte seine Angst nieder, welche ihm wie ein Eiszapfen mit Widerhaken durch den Magen drang. Das war der Nachteil, wenn man in einer Kolonie lebte. Man musste sich auf regelmäßige Angriffe einstellen. Deswegen wurde für den Ernstfall immer wieder geprobt, jeder hatte eine Aufgabe. Leider bedeutete das, dass Tico und er sich trennen mussten.

Wie immer umarmten sie sich kurz, aber heftig. Sie hatten sich einmal darauf geeinigt, keine Abschiedsworte zu sprechen, weil sie sich dann verpflichtet fühlen würden, besonders gut auf sich achtzugeben, um den anderen wiederzusehen. Daran hielten sie sich auch heute, bevor sie, ohne einen Blick zurückzuwerfen, in gegensätzliche Richtungen davonstoben.

Tico war dafür eingeteilt, mit einigen anderen auf die Wehrtürme der Mauer zu klettern, um die wandelnden Leichen mit Rohrbomben und Molotow-Cocktails zu verlangsamen oder im besten Fall festzusetzen. Währenddessen würde sich Cooper mit einem Großteil der Leute im Inneren der Siedlung wie ein Bollwerk aufstellen und sich um jene kümmern, welche die äußere Verteidigung durchbrachen.

Er sprintete los und erreichte nur wenige Momente später den Treffpunkt. Dort bekam er eine Schrotflinte in die Hand gedrückt und Munition. Sie stellten sich in Reih und Glied auf, die Tore ihrer Kolonie im direkten Blick. Noch herrschte um sie herum Chaos, Familien mit Kindern wurden versteckt, Ware und Nahrung gesichert, Befehle gerufen und Abschiedsworte getauscht. Cooper erhaschte einen Blick auf Tico, der gerade eine der hölzernen Leitern emporhechtete und dann in dem Treiben auf dem Wehrgang verschwand.

Bevor er sich in den Gedanken an seinen Freund verlieren konnte, trat Scott zu ihnen und hielt seine Waffe in die Höhe. »Also, Leute. Das hier ist keine Übung! Der letzte Angriff ist eine Weile her, aber der Ablauf ist nach wie vor derselbe. In wenigen Augenblicken werden diese Scheusale durch diese Türen stürmen und sich auf euch stürzen. Ihr wisst, wie schnell sie sind und um was es geht. Scheut euch nicht, mit euren Flinten dahin zu schießen, wo es am meisten wehtut. Die Hauptsache ist, dass wir sie verlangsamen.«

Coopers Atem ging schneller. Das Durcheinander verflüchtigte sich allmählich und machte angespannter Stille Raum. Wenig später waren die Geräusche von draußen deutlich zu hören. Dieses unmenschliche Brüllen, das die Locos von sich gaben, sobald sie in den Angriffsmodus wechselten. Große Siedlungen zogen sie seit jeher an, und niemand wusste genau, warum das so war. Vielleicht spürten sie die Wärme von vielen Menschen an einem Fleck? Oder gab es eine Art Hive Mind, welcher sich lukrative Stellungen merkte und seine Drohnen immer und immer wieder dorthin schickte? Gab es unsichtbare Routen, denen sie folgten, und es war doch Zufall, dass sie ständig Siedlungen kreuzten? Theorien kursierten viele, aber es war niemand mehr da, der diese Fragen beantworten konnte.

»Bevor ihr euch daran macht, die Infektoren zu entfernen, vergewissert euch, dass keine Feinde mehr in der Nähe sind. Und auch keine Freunde. Schrot verteilt sich, und ich will nicht noch so einen Unfall wie beim letzten Mal.«

Zustimmendes Gemurmel ertönte.

»Wie viele sind es?«, wollte Cooper wissen, damit sie einschätzen konnten, wann es vorbei sein würde. Er bemühte sich, nicht zusammenzuzucken, als die Explosionen der Bomben zu hören waren und das Gebrüll wütender wurde. Auch wenn er das schon oft mitgemacht hatte, wurde die Angst vor dem Kommenden nicht weniger.

Scott sah ihn an und ließ sich Zeit mit der Antwort. »Genug. Dieser Angriff ist größer als alle, die wir bisher erlebt haben. Aber lasst euch davon nicht einschüchtern.«

Rufe wurden von den Türmen und Wehrgängen laut. »Sie kommen!« und »Sie brechen durch!«

Der zweite Teil des Plans sah vor, dass gut die Hälfte der Werfer das Team in der Mitte der Siedlung verstärkte. Aber heute warfen sich die Kreaturen nicht kopflos gegen die Tore, bis das Holz brach. Das wurde in dem Moment deutlich, als es die ersten Opfer regnete. Wortwörtlich. Cooper riss den Kopf hoch und konnte vor lauter Schock einfach nur beobachten. Die Locos waren ein grausam vertrauter Anblick, doch immer noch würde er am liebsten vor ihnen davonrennen und sich verstecken. Aus Leichen geboren, waren die Kreaturen schreckliche Kampfmaschinen mit verdrehten und neu geordneten Gliedmaßen, verwachsenen Knochen als Waffen und Fleisch als faulige Schutzschilde. Eine große knöcherne Platte zierte den ehemaligen Brustkorb, und genau dahinter befand sich gierig zuckend der Infektor. Wenn man diesen vom Körper trennte, starben die Locos innerhalb weniger Sekunden. Das gelang aber nur während oder kurz vor einer Übertragung, wenn die Knochenplatte den Stachel freilegte. Oder wenn die Biester so geschwächt waren, dass man selbst Hand anlegen konnte. Das war es, was Cooper und seine Mitstreiter eigentlich tun sollten.

Von allen Seiten war Geschrei zu hören. Die Hälfte der Schrotflinten-Reihe war panisch geflohen, während Cooper auf das Geschehen gestarrt hatte. Scott bemühte sich vehement, wieder eine Ordnung und Kampfmoral aufzustellen, aber es war vergebens.

Sein Blick fiel auf Cooper, und seine Hand landete schwer auf seiner Schulter. »Mach, dass du ...«

Weiter kam er nicht. Einer der Locos warf sich auf ihn und durchbohrte mit einem aus dem Kopf wachsenden Knochenstachel seinen Hals. Das Blut spritzte bis auf Coopers Stiefel, und Nachschub kam hinzu, als das Ding den Infektor in Scotts Bauch rammte. Sofort begann dessen Körper zu zucken und sich zu verformen. Gerade, als der Loco wieder auf die Beine kam, drehte sich Cooper auf dem Absatz um und rannte in Richtung Holzleitern.

Es war Wahnsinn, hinaufzueilen. Von dort kamen immer mehr dieser Kreaturen. Coopers Gedanke galt jedoch einzig und allein Tico. Während um ihn herum ein Siedlungsbewohner nach dem anderen zu Boden ging und schreiend unter den Locos begraben wurde, gelang es ihm, im Zick-Zack Richtung Turm zu sprinten. Er konnte niemandem von ihnen helfen. Waren die Dinger erst mal nah genug heran, führten sie sofort den Tod herbei, da fackelten sie nicht lang. Auf grausame Weise waren alle, die gerade starben, ein gutes Ablenkungsmanöver. Aber nur für ein paar Minuten, denn die Verwandlung passierte ebenso rasch und ganz plötzlich waren die Überlebenden in der Minderzahl. Für die Kolonie gab es keine Hoffnung mehr, das war bereits jetzt Fakt. Die Locos hatten gelernt und sie damit überrascht. Und die Siedler waren darauf nicht vorbereitet gewesen.

»Tico!«, rief Cooper und erschrak über die Verzweiflung in seiner Stimme. Bestimmt war er längst tot, oder? Wie sollte man so einen Ansturm überleben, wenn man sich in der ersten Reihe der Angegriffenen befand? Das hier war ein Himmelfahrtskommando. Dabei waren sie sich einig gewesen: Stand es mehr als schlecht, rettete jeder seinen Arsch. Keiner sah zurück und spielte den Helden. Natürlich tat Cooper es trotzdem, wie sollte er nicht? Tico bedeutete ihm mehr als sein eigenes Leben. Und wenn es hier und heute endete, musste er sich zumindest davon überzeugen, dass eine Rettung für seinen Freund keine Option mehr war.

Hinter ihm wurde das Gebrüll immer lauter, mehr verzerrte Stimmen kamen hinzu und das Knacken und Matschen der sich verändernden Körper war allgegenwärtig. Die Schreie der Verletzten und Sterbenden verebbten hingegen. Cooper beschlich das Gefühl, von Hunderten toten Augenpaaren beobachtet zu werden, während er die letzte Leiter erklomm, hinauf zum Turm. In der Hoffnung, dass Tico dort oben hockte und nicht hinuntergeklettert war. Manchmal rettete Feigheit Leben. Und vielleicht ergab sich Tico heute ausnahmsweise mal der Angst. Aber womöglich waren die Locos auch hier emporgestiegen und es wartete der Tod auf Cooper.

Trotzdem nahm er ohne Zögern und eilig eine Sprosse nach der anderen. Seine Lunge brannte, das Herz überschlug sich beinah vor Angst und Erschöpfung, aber er gönnte sich erst eine Pause, als die letzten Stufen über ihm prangten. Er zwang sich, langsamer zu werden und nur ganz vorsichtig einen Blick auf die Plattform zu werfen.

»Tico«, raunte Cooper erleichtert, hielt aber inne, um zu betrachten, was für ein Bild vor ihm lag. Sein Kumpel war in die hinterste Ecke des Turms gekrochen, links und rechts von ihm lagen zwei Leichen und halb über diesen ein Loco, der noch zuckte. Ihm war es offenbar nicht gelungen, die Toten zu infizieren, und der Grund dafür lag blutig und ekelerregend in Ticos Händen. Er hatte es geschafft, dem Ding den Infektor abzureißen.

Cooper hievte sich auf die Plattform und kroch hastig zu ihm. Dort sah er noch einmal auf den Stachel und nahm ihn vorsichtig auf, um ihn fortzuwerfen. Anschließend griff er nach den eiskalten und mit Blut verschmierten Händen seines Freundes.

»Tico«, flüsterte er abermals. »Geht es dir gut?«

»Ich war nicht schnell genug«, krächzte er und umklammerte Coopers Finger.

»Doch, warst du. Sie haben sich nicht verwandelt.« Manchmal war dies das einzige Geschenk, das man noch machen konnte. »Ich bin nur froh, dass du lebst.«

Tico starrte einfach durch ihn hindurch. »Wie ist die Lage unten?«

»Nicht gut. Ich glaube ... die Kolonie ist gefallen. Wir müssen rasch hier weg.«

Nun hob Tico doch den Blick und fixierte den seinen. Von seinem Selbstbewusstsein und seiner Ungezwungenheit war nichts mehr übrig. »Was machst du dann hier?«

»Eine unserer Regeln brechen. Dafür werde ich mich nicht entschuldigen.« Damit erhob sich Cooper und trat zum Geländer, um sich einen Überblick zu verschaffen. Sofort wünschte er sich, dies nicht getan zu haben. Auf den Straßen der Siedlung wimmelte es nur so von Locos. Auch weit hinten, wo die Kinder versteckt waren, sah er sie herumtaumeln. Es gab von dort ein Tunnelsystem ins Freie, das sie gegraben hatten, und Cooper hoffte inständig, dass ein Entkommen möglich gewesen war. Für Tico und ihn war dieser Weg allerdings keine Option mehr. Zu viele der Viecher befanden sich dazwischen.

Sein Blick wanderte an der Leiter hinab, um zu sehen, ob es Locos gab, die ihm gefolgt waren, aber offenbar war das nicht der Fall – was sich allerdings jederzeit ändern konnte.

Zuletzt besah sich Cooper, was vor den Toren los war, und atmete auf. Dort waren keine Kreaturen mehr zu sehen, zumindest für den Moment. Die sich nicht verändernde Geräuschkulisse hier würde sicher weitere anlocken, aber sie hätten ein kleines Zeitfenster, das sie nutzen konnten.

Cooper drehte sich um und war mit wenigen Schritten wieder bei Tico. »Komm, wir müssen uns beeilen. Vom Turm runter und dann durch das Tor klettern. Und zwar leise.« Er streckte ihm die Hand hin, um ihm aufzuhelfen.

Sein Freund ergriff sie, wankte aber gefährlich. »Shit«, murmelte er. »Darf doch nicht wahr sein, dass mich das jetzt so fertigmacht, oder? Immerhin lebe ich noch.«

»Ganz genau, und das wird so bleiben, hörst du?« Cooper sah ihn eindringlich an und grinste, als sein Freund artig salutierte. Na also, da war der alte Tico. »Schaffst du die Leiter? Sonst nehme ich dich huckepack.«

Tico hob eine Augenbraue. »So verlockend das auch ist – geh voran.«

Schweigend machten sie sich an den Abstieg, wobei Cooper immer wieder innehielt und nach unten sah, damit sie nicht unvorbereitet in einer Horde landeten. Die zuvor auf dem Wehrgang verbliebenen Locos hatten sich ihren Artgenossen auf den Straßen angeschlossen. Mit sehr viel Glück schafften sie es nach unten, ohne bemerkt zu werden. Auch bis zum Tor gelangten sie, aber hier wurde es gefährlich. Es zu öffnen, würde verräterische Geräusche verursachen. Von dem Wehrgang hinunterzuspringen, würde ihnen dafür alle Knochen brechen.

»Wie wäre es mit einer Ablenkung?«, fragte Tico leise und wies auf fallen gelassene Flinten in der Nähe.

Cooper schlich hin und nahm zwei auf, kam jedoch unverrichteter Dinge wieder zu seinem Freund zurück. »Die können wir gut gebrauchen, ja, aber wenn wir damit rumballern, können wir uns auch gleich in die Horde stürzen.«

Weiteren Wortwechsel unterband er, indem er den Zeigefinger auf den Mund legte und sacht den Kopf schüttelte. Sie mussten das Öffnen des Tores riskieren, sonst kamen sie niemals hier raus. Er deutete mit gespreiztem Zeige- und Mittelfinger auf seine Augen, dann auf die Straßen und letztlich auf Tico.

Dieser verstand, dass er die Umgebung im Blick behalten sollte, und Cooper begann, an dem Mechanismus zu kurbeln, damit sich die Tore öffneten. Obwohl er es langsam tat, glaubte er, jedes Individuum auf der Welt würde es hören. Als der Spalt ganz knapp breit genug war, um hindurchschlüpfen zu können, hörte er auf. Ein letzter Blick

auf die Siedlung und die Rücken der Bestien, die
teilweise vor kurzem noch Freunde und Bekannte
gewesen waren, dann nahm Cooper Tico an der
Hand. Gemeinsam verließen sie ihr ehemaliges
Zuhause.

Where do we go from here?

Ohne sich abzusprechen, schlugen sie einvernehmlich die Route zu dem Verschlag ein, den sie als ersten Stopp bei Versorgungstouren als Nachtlager nutzten. Es war ein Hochsitz im Wald, von dem man eine gute Sicht hatte und den Locos nicht direkt ausgeliefert war, wenn sie des Weges kamen. Erhöhte Positionen waren immer gut, sie gaben einem wenigstens die Chance, sich vorzubereiten. Zumindest hatte das gegolten, als die Bestien noch nicht in der Lage gewesen waren, zu klettern.

Den ganzen Weg über schwiegen die Freunde, obwohl unausgesprochene Worte und verdrängte Gefühle zwischen ihnen standen wie eine Mauer. Cooper hatte keine Ahnung, wie es weitergehen sollte. Es würde dauern, bis die Kreaturen wieder aus der Siedlung abzogen, um nach neuen Opfern zu suchen. Wenn sie es denn überhaupt taten. Manche Wanderer hatten erzählt, dass die Horden in den Kolonien blieben und dort in eine Art Starre verfielen.

Bis auf die Schrotflinten hatten er und Tico nichts bei sich. Im Hochsitz waren für gewöhnlich ein paar Vorräte versteckt, es war allerdings möglich, dass sie von anderen Patrouillen und Nomaden bereits aufgebraucht worden waren. Leben konnten sie von dem Flusswasser und dem, was sie in der Natur fanden, aber jagen war eher weniger eine Option. Mal abgesehen davon, dass sie keine Erfahrung darin hatten, die Flinten waren zu laut und die Munition zu kostbar. Vielleicht schafften sie es, sich eine Jagdwaffe zu bauen? Immerhin war es jetzt im Sommer warm genug, dass sie zumindest nachts im Freien nicht erfrieren würden. Aber ansonsten waren sie echt aufgeschmissen.

»Ein Penny für deine Gedanken«, sagte Tico und zupfte an dem Ärmel von Coopers Shirt.

Dieser vermied es, ihn anzusehen. »Ich habe mich nur gefragt, wie wir überleben sollen.«

»Wir finden schon einen Weg.«

Nun riskierte Cooper doch einen kurzen Seitenblick. »Ach ja? Wir haben drei Jahre in dieser Kolonie gelebt. Vorher waren wir nur ein paar Monate draußen, als noch keiner wusste, was los war und überall Chaos herrschte. Dir ist schon klar, dass wir gerade unsere Sicherheit und Gemeinschaft verloren haben, ja?«

Das klang bitterer als beabsichtigt. Noch steckte zu viel Adrenalin in seinen Knochen, als dass Cooper den Schock wirklich zulassen konnte. Außerdem befand er sich in Phase eins der Trauer; der des Leugnens. Auszusprechen, dass alle tot waren oder der Armee der Locos angehörten, fühlte sich einfach falsch an.

Tico erwiderte seinen Blick für ein paar Sekunden, dann wandte er ihn ab und ließ die Schultern hängen. »Natürlich ist mir das klar, Coop. Aber ob wirklich alle tot sind, können wir nicht wissen. Vielleicht gibt es noch andere Überlebende.« Er sah aus, als würde er noch etwas sagen wollen, schüttelte jedoch den Kopf.

Bis zum Verschlag schwiegen sie und kletterten dort angekommen nacheinander die Holzleiter hoch. Noch bevor Cooper oben angelangt war, hörte er, wie Tico die Klappe im Boden öffnete und daraufhin ein »Puh, was ein Glück« ausrief. Sein Freund begrüßte ihn mit einer gefüllten Wasserflasche, Pökelfleisch und getrockneten Früchten.

Cooper nahm etwas davon entgegen und ließ sich im Schneidersitz auf dem Boden nieder, wobei er sich rücklings gegen die Wand lehnte. Tico setzte sich ihm gegenüber und streckte die Beine aus. Für eine Weile war lediglich ihr Kauen zu hören, die Geräusche des Waldes draußen und hin und wieder ein Schlucken, wenn sie sich mit der Wasserflasche abwechselten und etwas tranken.

Cooper legte den Kopf zurück, bis auch dieser die Wand fand, und schloss die Augen. Konnte er jetzt bitte einschlafen und dann in seinem Bett aufwachen? In der Siedlung, wo die anderen noch lebten. Das war doch alles nur ein Albtraum, oder?

»Warum hast du dein Versprechen gebrochen?«

»Hm?«, machte er und öffnete ein Lid. Weil er gerade mit seinen Gedanken ganz woanders gewesen war, checkte Cooper nicht direkt, was sein Freund von ihm wollte.

Der sah ihn offen und neugierig an. »Wir hatten ausgemacht, dass in ausweglosen Situationen jeder sich selbst der Nächste ist. Dass wir dann unseren eigenen Arsch retten und nicht den Helden spielen. Du hast dich nicht daran gehalten. Warum nicht?«

»Willst du mir das jetzt zum Vorwurf machen?«, wich Cooper aus.

Tico schüttelte den Kopf. »Hast du genauso wenig wie ich gedacht, dass diese Situation einmal eintreten würde?«

Dankbar für diese Vorlage, nickte Cooper. Es spielte noch etwas anderes mit rein, aber das konnte er nicht aussprechen. »Eigentlich ziemlich naiv, oder? Wenn die Locos einen einmal gefunden haben, ist die Überlebenschance gleich null.«

»Und doch sitzen wir hier. Ich nur dank dir. Sonst würde ich wohl immer noch da oben versauern und diesen widerlichen Stachel anstarren. Also ... danke dafür, dass du dein Versprechen gebrochen hast.«

Cooper winkte ab. »Wir sollten uns solche nicht mehr geben. Ich könnte dich nie zurücklassen. Immerhin haben wir die ganze Scheiße von Anfang an zusammen durchgemacht.«

»Das und noch viel mehr.«

Wie immer, wenn Tico aus vollem Herzen lächelte, strahlten seine Augen eine behagliche Wärme aus, in der Cooper nur zu gern baden würde. Demnach tat er gerade alles dafür, dass diese Mimik erhalten blieb, und schmunzelte ebenfalls. »Als Kinder hätten wir niemals daran gedacht, jemals die Apokalypse zu überleben, hm?«

Dieses Gespräch hatten sie bereits ein paar Mal geführt, aber dadurch wurde es nicht weniger schön und lustig. Außerdem lenkte es auf wunderbare Weise von den Gedanken an das Erlebte und die vielen Verluste ab. Irgendwann würde sie das alles einholen, aber warum nicht noch ein wenig das Verdrängen genießen?

»Da waren wir mehr damit beschäftigt, von Bäumen runterzufallen. Eigentlich ein Wunder, dass wir nicht mitsamt Hochsitz runterkrachen.« Tico schob sich eine Rosine in den Mund und wippte mit dem Fuß auf und ab.

»Und ich hab's genossen, dir kleine Streiche zu spielen. Aber viel schöner ist es, sie mit dir zusammen zu planen und ...« Cooper hielt inne, und auch auf Ticos Gesicht verblasste das Lächeln. Na toll, warum musste er ausgerechnet auf den heutigen Vorfall mit Greedy anspielen? Und damit ebenso darauf, was danach passiert war. Was der Alte gesagt hatte, kam ihm jetzt wieder in den Sinn. »Meinst du, er hat das irgendwie geahnt? Also, Greedy?«

Tico zuckte mit den Schultern. »Keine Ahnung. Der hat ständig solche wirren Sachen gesagt. Das war sicher nur ein Zufall, woher sollte er es auch wissen? Er ist doch nicht mit den Dingern verknüpft, niemand von uns ist das.«

Da war etwas Wahres dran, aber Cooper fröstelte trotzdem unvermittelt.

»Weißt du was? Wir gehen als Nächstes zu diesem Kampfsportcenter, zu dem wir uns schon ein paar Mal verkrümelt haben. Machen wir das einfach zu unserer neuen Residenz. Auf jeden Fall sollten wir erst mal in Bewegung bleiben«, redete

Tico weiter und sah ihn erwartungsvoll an.

Cooper zuckte mit den Schultern. »Soll mir recht sein.« Einen besseren Plan hatte er jedenfalls nicht. »Wir sollten nur, solang es geht, in der Nähe des Flusses bleiben, sonst verdursten wir und dann ist es ganz egal, was wir vorhaben.«

Mit einem Nicken stimmte Tico ihm zu.

Als es dämmerte, bereiteten sie alles für die Nacht vor, schlossen die Türen und nachträglich angebrachten Fensterläden. Sollte sich eines der Biester daran zu schaffen machen oder auch nur in der direkten Nähe umherstreunen, würden sie es hören. Manche fanden es besser, allein oder in kleinen Gruppen unterwegs zu sein. Es war einfacher, den Locos aus dem Weg zu gehen, aber man war auch verwundbarer. Bisher wusste niemand, warum Kolonien angegriffen wurden und kleinere Menschenverbände oder Einzelgänger eher weniger. Dennoch bestand die Chance, in einer großen Gemeinschaft länger zu überleben und eine effizientere Abwehr zu kreieren. Cooper wusste jetzt nicht mehr, was er besser fand. Wahrscheinlich würde er sich nirgends mehr vollständig sicher fühlen.

Wobei es schon viel wert war, dass Tico bei ihm war. Als sie so nebeneinanderlagen, konnte er sich fast vorstellen, zu Hause zu sein, obwohl sie dort räumlich getrennt voneinander gelebt hatten. So war es sogar ein Stück besser. Weniger Sehnsucht, die sein Herz umspülte.

Wie viel es ihm wirklich bedeutete, wurde deutlich, als sie die Schreie eines Locos in der Nähe hörten, die sicher eine Stunde anhielten. Sie sprachen beide kein einziges Wort, und Cooper wagte es nicht einmal, richtig zu atmen. Wie von selbst tasteten sie nach der Hand des anderen, um sie zu halten und einander Kraft zu geben. Auch als die Rufe verhallten, blieben ihre Finger miteinander verflochten.

Und als Cooper noch einige Stunden später aus einem unruhigen Schlaf hochschreckte und »Sie sind alle tot. Wirklich tot« keuchte, während Tränen über seine Wangen liefen, rückte Tico dicht an ihn heran und zog ihn zu sich hinunter. Cooper vergrub das Gesicht in dessen Brust und ließ der Trauer einfach freien Lauf.

Als der Morgen dämmerte, sprachen sie kein Wort über das, was in der Nacht passiert war. Cooper war es unangenehm, dass er sich so hatte gehen lassen, aber überspielen konnte er es nicht. Die Trauerphase der Wut hatte er einfach übersprungen, doch auf wen sollte er auch zornig sein? Höchstens auf die Locos. Sich ihnen in einem Anfall entgegenzustellen, hätte jedoch bloß seinen eigenen Tod zur Folge.

Sie steckten den restlichen Proviant aus der Klappe in ihre Hosentaschen, nahmen ihre Schrotflinten und die Wasserflasche, bevor sie die Tür öffneten und einen Blick auf die Umgebung warfen. Cooper hielt die Luft an und lauschte, aber es waren keine verräterischen Geräusche zu hören. Also konnten sie den Abstieg wagen.

»Zurückzugehen wäre auch eine Option«,

schlug Tico vor. »Vielleicht haben wir Glück. Ich würde gern einige meiner Sachen holen.«

Cooper schüttelte den Kopf. »Zu gefährlich und zu früh. Wir können es in ein paar Wochen versuchen.« Und hoffen, dass bis dahin keine Plünderer den Mut aufgebracht hatten, die zerstörte Siedlung zu fleddern.

Den Weg zum Kampfsportcenter kannten sie auswendig. Es lag etwas außerhalb der nächsten großen Stadt und damit noch knapp in dem Radius des Möglichen. In die Metropolen zu gehen, war Selbstmord – dort beherrschten Tausende der Kreaturen die Straßen. Trotzdem hatte es die beiden Freunde in der letzten Zeit immer wieder in die Richtung getrieben, um zu trainieren und ein bisschen heile Welt zu fühlen. Also war es eigentlich kein Wunder, dass sie dahin wollten. Für ihre vor Trauer und Angst geschundenen Seelen wäre es ein Stück weit heilend. Perspektiven hatten sie im Moment ohnehin keine.

Am Fluss füllten sie zweimal die Flasche auf, um sie zunächst gemeinschaftlich leer zu trinken und dann noch etwas für den Weg zu haben. Schweigend liefen sie anschließend weiter. Normalerweise blödelten sie viel herum und dachten sich Schabernack aus, aber auch das war etwas, das sie mit der Siedlung verbanden. Cooper wurde das Gefühl nicht los, dass sie jetzt erwachsener werden mussten. Auf dem Papier waren sie das vielleicht, doch in Wahrheit waren sie noch ziemliche Kindsköpfe. Bisher war er stolz gewesen, dass sie sich das trotz der Düsternis der Welt hatten erhalten können, aber im Augenblick war an so etwas wie Lachen oder Witzeln einfach nicht zu denken.

Tico schien es ähnlich zu gehen, sein Gang war nicht so gut gelaunt wie sonst, die Schultern hingen und sein Gesicht war eine undurchschaubare Maske. Eigentlich konnte Cooper ganz gut in seinem Freund lesen. Zudem machte er sich Sorgen, ob die Annäherungen in der Nacht etwas zwischen ihnen geändert hatten. Vielleicht hätte er sich nicht so dazu verführen lassen sollen, aber Tico hatte nicht den Anschein gemacht, dass ihm diese Vertrautheit etwas ausgemacht hatte.

Cooper hatte sich versprochen, sich niemals in seinen besten Freund zu verlieben. Das war viel zu risikoreich, denn wenn eine Beziehung schiefging, könnte man den anderen für immer verlieren. Sicher gab es auch Freundschaften, die nicht daran zerbrachen, aber Cooper scheute sich einfach, diesen Weg einzuschlagen. Ganz besonders jetzt, da Tico das Einzige war, was er noch hatte. Er brauchte ihn zum Überleben, so fest war er in seinem Herzen verankert. Würde er gehen oder sterben ... das würde Cooper niemals aushalten. Also riss er sich besser am Riemen und verdrängte seine Gefühle, wie schon seit einer gefühlten Ewigkeit. Zumal er ohnehin nicht wusste, ob sie erwidert wurden.

Einmal mussten sie noch eine Rast einlegen. Da sie dafür keine gesicherte Position fanden, wechselten sie sich mit dem Schlafen ab. Cooper erwischte sich immer wieder dabei, wie er statt der Umgebung seinen Freund musterte. Er war einen Kopf kleiner als er, schlank und drahtig. Am schönsten waren neben seinen Augen seine dunklen Dreads, welche ihm bis knapp über die Schultern gingen. In einzelne Strähnen waren bunte Perlen eingelassen. Oft trug er sie hochge-bunden, zum Dutt oder Pferdeschwanz. Heute hatte er nur den vorderen Teil genommen und hinten mit den restlichen Dreads fixiert. Kinn und Wangenpartie sowie der Bereich über der Oberlippe wurden von einem dunklen Dreitagebart bedeckt, den er immer ordentlich stutzte. In der nächsten Zeit würde er dazu wohl nicht mehr kommen.

Sie beide trugen nach wie vor die Klamotten aus der Siedlung. Tico hatte eine dunkle Cargohose und ein khakifarbenes T-Shirt mit dem Aufdruck einer abstrakt gezeichneten Giraffe darauf an. Seine Füße steckten in ausgeleierten grünen Chucks, an deren Seiten kleine Buttons mit verschiedenen Motiven angebracht waren. Tico hatte sie früher gesammelt und freute sich auch heute noch wie blöd, wenn er so einen Anstecker fand. Insgesamt sah er gerade ein bisschen so aus, als wäre er der Mitarbeiter einer Safari-Tour. Das fiel Cooper erst jetzt auf, was ihm automatisch ein Schmunzeln auf die Lippen zauberte.

Seufzend sah er an sich selbst herunter. Er trug eine Armeehose mit Tarnfarben und Boots. Aber bei der Wahl seines Shirts war er heute nicht besonders glücklich gewesen. Man musste ohnehin nehmen, was man bekam und fand, bei ihm prangte an der Seite jedoch schon ein Loch. Das Shirt war in einem ausgewaschenen Grau gehalten, und hatte das Logo einer längst vergessenen Modefirma oben rechts auf der Brust. Wenigstens war das ganz süß. Eine Eule mit Stirnband.

Was jetzt auf jeden Fall außer Rand und Band geraten würde, wäre seine Frisur. Er trug das Haar an den Seiten kurz, nur das Haupthaar auf dem Kopf war lang und hing ihm lässig über die Stirn. Sein Bart war am Kinn, den Koteletten und um die Lippen herum vorhanden und getrimmt. Die Wangen und Zwischenräume rasierte er sich sonst komplett.

Allerdings waren Frisuren und Bärte gerade das geringste Problem. Cooper konnte sich ohnehin ewig in der Betrachtung seines Freundes verlieren, so oft bekam er nicht die Gelegenheit dazu. Es tat ihm leid, ihn jetzt wecken zu müssen. Fast war er versucht, ihn bis zum nächsten Morgen durchschlafen zu lassen, aber das wäre absolut unvernünftig. Sich selbst für einen anderen aufzugeben, war töricht. Letztlich führte es nur dazu, dass man nicht mehr in der Lage war, zu beschützen. Natürlich würde Cooper trotzdem, ohne zu zögern, sein Leben für Tico geben, aber er sehnte sich doch eher danach, es mit ihm gemeinsam zu führen.

Mit einem Lächeln beugte er sich über seinen Freund und rüttelte sanft an seiner Schulter. »Hey, Schlafmütze.«

Tico knurrte missmutig, öffnete aber die Augen nicht. Noch einmal ruckte Cooper an seinem Arm, aber es nützte nichts. Seufzend setzte er sich wieder zurück und überlegte. Lauteres Rufen kam wegen der Locos nicht infrage. Ein Kuss ... leider auch nicht. Aber vielleicht ... Er krabbelte mit den

Fingern leicht über Ticos Seite, wobei er die Wärme seines Körpers an den Kuppen spürte. Wenn man jemanden kitzelte, kam das noch viel besser auf nackter Haut zur Geltung, oder? Nein, diese Grenze durfte Cooper nicht überschreiten.

»Aufwachen!«, murmelte er nah an Ticos Ohr, und endlich zuckte sein Freund zusammen und schob schützend den Arm zwischen sich und Coopers Hand. Oder vielmehr darauf, was dazu führte, dass sie flach auf seinen Körper gepresst wurde. Nur widerwillig zog Cooper sie zurück und grinste.

Tico sah ihn mit zusammengezogenen Augenbrauen und verschlafen blinzelnd an. »Warum quälst du mich so?«

»Na, irgendwie muss ich dich ja wach bekommen, ohne dich anzuschreien.« Dort, wo er Tico berührt hatte, kribbelte seine Handfläche.

Mit einem Grunzen setzte sich sein Freund auf und lehnte sich an den Baumstamm. »Uff … okay, ich bin wach. Schlaf ruhig.«

Skeptisch blickte Cooper ihn an. »Wirklich? Nicht, dass du in ein paar Minuten wieder einpennst.«

Er winkte ab. »Niemals. Ich pass' auf dich auf, Coop. Ehrlich.«

Das sorgte für so ein warmes Gefühl in seiner Brust, dass er lächelte und sich schließlich neben seinem Freund ausstreckte. Bevor er erschöpft einschlief, glaubte er, Ticos Hand leicht über seine Haare streichen zu spüren, aber es könnte auch nur ein Windhauch gewesen sein. Cooper wusste, welche Vorstellung ihm besser gefiel.

Decisions

Am nächsten Tag schafften sie es bis zum Kampfsportzentrum. Schon von weitem war es zu sehen, nachdem sie den Wald hinter sich gelassen hatten. Auf dem großen Parkplatz standen vereinzelte Autos und Schrottmühlen, allesamt bereits aufgebrochen und geplündert. Sie waren nur noch als Deckung zu gebrauchen. Zuletzt waren Cooper und Tico vor rund einem Monat hier gewesen, es bestand also die Möglichkeit, dass sich eine Menge verändert hatte. Die Locos verursachten zwar gern mal allerhand schaurigen Lärm, aber wenn sie in ihre Starre verfielen, wurden sie still. Ruhe hatte also nichts zu bedeuten, Vorsicht war weiterhin geboten. Außerdem gab es noch andere Nomaden, die nicht immer freundlich gesinnt waren. Cooper fragte sich, zu welchen er und Tico sich wohl entwickeln würden.

Sie pirschten von Auto zu Auto, bis sie kurz vor dem Eingang waren. Dass dieser weiterhin intakt und nicht aufgebrochen war, war ein gutes Zeichen, was die Locos anging. Eine Tür hielt ihnen selten stand, vor allem, wenn es schon ältere und besonders starke Exemplare der Kreaturen waren.

Geduckt huschten die Freunde die letzten Meter zum Gebäude, öffneten die Pforte einen Spaltbreit und traten ein. Zunächst standen sie in einem Treppenhaus. Hinab ging es zu den Duschen, die leider nicht mehr funktionierten, und den Umkleidekabinen. Oben waren zwei Trainingsräume, und geradeaus führte eine Glastür zum Empfang. Dort waren auch ein Sitzbereich und ein Boxring zu finden, außerdem führten zwei weitere Türen zu separaten Räumen, die mit Matten verkleidet waren. Die Auslage der Empfangstheke war mit Proteinriegeln bestückt, zudem gab es hier noch Trainingskleidung mit dem Logo der Schule. Man merkte, dass hier kaum jemand hinkam und plünderte, sonst wäre all das längst fort. Allerdings würden Tico und Cooper mit den widerlichen Riegeln nicht weit kommen. Gut möglich, dass sie sich hier zu verschanzen vermochten, aber für wie lange? Aus der Stadt könnten jederzeit Horden der Locos stürmen und sie hier drinnen wahrnehmen. War dieser Ort das Risiko wirklich wert?

Tico pikste ihn in die Seite und sah ihn strafend an. *Nicht so viel denken*, schienen seine Augen zu sagen, und Cooper hob entschuldigend die Hände.

Sie sicherten zuerst die untere Etage, dann die obere. Hier hingen in einem der Räume sogar zwei Ninjatōs an der Wand. Cooper ging davon aus, dass es Nachbildungen waren, aber Tico besah sie sich diesmal genauer und fluchte leise.

»Was ist los?«

Er hielt ihm einen blutigen Finger hin. »Von wegen Attrappe.« Er wickelte ihn kurzerhand in sein

Shirt ein, um die Blutung zu stillen, dann holte er die Waffen von der Wand und sah grinsend zu Cooper. »Die packe ich ein. Perfekt zum Abtrennen der Infektoren, oder?«

»Kannst du denn damit umgehen?«

»Nö, aber dann lern' ich es eben. So schwer wird das schon nicht sein.«

Cooper seufzte und sah bereits seine oder Ticos amputierte Finger in der Gegend herumfliegen. Aber sein Freund hatte ja recht, die Schwerter wären hilfreich.

Sie begaben sich über die Treppen wieder nach unten und traten durch die Glastür in ihr eigentliches Refugium. Auch hier sahen sie sich um. Erst als sichergestellt war, dass sich hier kein Loco oder ein anderer Überlebender versteckte, ließen sie fast zeitgleich die Waffen sinken und atmeten erleichtert auf.

Tico fackelte nicht lange, lehnte die Schwerter an die Wand und warf sich auf einen der Sessel. Die Füße platzierte er über Kreuz auf dem Tisch und rutschte ein bisschen hinab, damit er den Hinterkopf auf der Lehne ablegen konnte. »Viel besser als der harte, ungemütliche Boden.«

Cooper schmunzelte und sah sich an der Theke um. Wortlos warf er seinem Freund einen Riegel zu und lachte, als dieser angeekelt den Mund verzog. »Eiweiß ist nie verkehrt.«

Tico schnaubte. »Aber nicht als Riegel.«

Cooper wandte schnell den Blick ab und imitierte eine weitere Suche. War das gerade wirklich so zweideutig gewesen oder interpretierte er ihren

Wortwechsel nur so?

»Du weißt schon, dass wir die Theke bereits hundert Mal durchforstet haben? Setz sich doch mal und ruh dich aus.«

»Nein, schon in Ordnung. Vielleicht haben wir ja was übersehen«, wehrte er ab.

Ein Knarzen hinter ihm zeugte davon, dass Tico aufstand, und nur Sekunden später spürte Cooper seine Präsenz an seinem Rücken.

»Komm schon.« Sein Freund nahm ihn an der Hand und zog ihn Richtung Sitzecke.

Cooper ließ es geschehen und pflanzte sich ihm kurzerhand gegenüber hin. »Okay, ich sitze.«

Tico sah zufrieden aus. »Und jetzt erzähl mir, wie es dir geht. Du hast die ganze Zeit auf dem Weg hierher nichts gesagt.«

»Was soll ich auch sagen? Dass alles scheiße ist und wir eh geliefert sind?«

»Denkst du das wirklich?« Tico zupfte die Folie von dem Riegel und sah diesen abschätzig an.

Cooper seufzte. »Das hatten wir doch schon.«

»Stimmt. Dann sag mir eben, was du am liebsten tun würdest. Sollen wir eine andere Kolonie suchen? Unter uns bleiben? Uns trennen?« Als könnte er kein Wässerchen trüben, biss Tico von dem Riegel ab und kaute seelenruhig.

»Uns ... trennen?«, wiederholte Cooper langsam, als wäre er schwer von Begriff.

Tico zwinkerte ihm zu. »War klar, dass dein selektives Hörvermögen wieder aussortiert. Wir bleiben zusammen, keine Sorge. Ich würde deine Schwarzmalerei echt vermissen.«

Diesmal war es Cooper, der schnaubte.

»Sag mir trotzdem, ob wir eine neue Kolonie suchen sollen. Ich bin mir nicht sicher, ob das eine gute Idee ist.«

»Bin ich mir auch nicht. Diese Viecher lernen dazu. Nach drei Jahren haben sie verstanden, dass sie nicht durch die Tore gehen müssen, sondern auch Mauern erklimmen können. Falls das Evolution ist und sie intelligenter werden ... sollten wir besser unter uns bleiben, um weniger aufzufallen.«

»Das ist ein praktischer Grund, ja. Aber ich meinte auch wegen der Leute«, warf Tico untypisch zaghaft ein.

Cooper wusste, was er implizierte. Sie hatten binnen weniger Stunden Menschen verloren, die ihnen etwas bedeutet hatten. Vielleicht hatten sie außer zueinander nicht so enge Freundschaften gehegt, doch als Gemeinschaft wuchs man dennoch zusammen. Cooper spürte das Loch in seinem Herzen überdeutlich, aber auch, wie abgestumpft er sich seit dem Vorfall fühlte. Als hätte sein Herz einen Schutzpanzer angelegt, den nichts durchdringen konnte. Nichts, bis auf Tico.

»Der Mensch ist gesellig. Es ist nur natürlich, dass sie sich in Siedlungen zusammenfinden und dem Glauben verfallen, mit dieser Welt mithalten zu können.«

Tico schob sich den Rest des Riegels in den Mund. »Und was ist mit uns, sind wir auch gesellig?«

»Ich gehe dahin, wohin du gehst«, erwiderte Cooper entschlossen.

Sein Freund lehnte sich in seinem Sessel nach vorn. »Und ich weiche nicht von deiner Seite. Aber wir brauchen ein Ziel. Ich weiß selbst, dass es hier auf Dauer nicht sicher ist.«

Da fiel Cooper etwas ein. Hastig stand er auf und begab sich zur Theke. Dort wühlte er in alten Anmeldeformularen und Prospekten herum, bis er endlich fand, was er suchte, und es auf dem Tresen ausbreitete.

Tico war derweil aufgestanden und zu ihm getreten, um neugierig zuzuschauen. Nun weiteten sich seine Augen, als er auf die Karte starrte.

»Ehrlich gesagt zieht es mich aus diesem Gebiet fort. Hier kennen wir schon alles, und unsere Kolonie ist für immer verloren. Lass uns hierhin gehen, Richtung Meer.« Cooper tippte auf den entsprechenden Abschnitt. »Erinnerst du dich an den einen Pilger, der neulich auf der Durchreise war? Der hat erzählt, dass dort immer noch Boote liegen und sich Gerüchte um eine Siedlung ranken. Sollten wir uns dazu entschließen, dass es dort sicherer ist, stellen wir uns vor – sofern sie freundlich gesinnt sind.«

Tico ließ sich Zeit mit seiner Antwort, bevor er langsam nickte. »Wir sollten alles, was wir finden, mitnehmen. Vielleicht ist Handel möglich. Selbst wenn wir beschließen, unabhängig zu bleiben, wäre eine befreundete Siedlung nicht verkehrt, oder? Mögliche Unterkünfte markieren wir auf der Karte.«

Je länger sie darüber sprachen und nachdachten, desto mehr Aufregung erfasste Cooper. Natürlich

war es ein hohes Risiko, in unbekannte Gefilde aufzubrechen. Aber welche Möglichkeiten blieben
ihnen? Selbst wenn einem die Gegend bekannt war,
in der man sich bewegte, Sicherheit gab es nirgends. Hier hielt sie nichts mehr, nur schlechte
Erinnerungen und Trauer. Der einzige Weg, der
Sinn machte, war der nach vorn.

New places

»Tja ... scheiße.« Tico hatte die Hände in die Hüften gestemmt und blickte kritisch in die bodenlose Schwärze.

Cooper war es ein Rätsel, wie er dabei trotzdem so betont locker aussehen konnte. »Das hast du schön gesagt.«

»Und das ist echt der einzige Weg?«

»Du kannst dich gern noch einmal überzeugen. Die Alternativ-Route wird von einer Horde blockiert, und sonst sehe ich keine.«

Tico riss ihm die Karte aus der Hand und hielt sie sich vor die Nase. Dabei murmelte er leise vor sich hin. Cooper grinste, als er ihn beobachtete. Das verliebte Seufzen musste er sich allerdings verkneifen.

»Ach, verflucht, wieso liegst du eigentlich immer richtig?«

»Ist das Recht des Älteren«, behauptete Cooper.

»Uns trennen nur zwei Jahre.« Tico gab ihm den Plan zurück und atmete tief durch.

»Zwei Jahre und eine Menge Weisheiten, die vollkommen an dir abgeprallt sind.«

»Jaja ... Na komm, dann lass es uns hinter uns bringen.«

Für einen Moment standen sie noch Seite an Seite vor dem Tunneleingang, der wie ein Tor zur Hölle vor ihnen klaffte. Cooper hätte gern Ticos Hand genommen, aber er traute sich nicht. Dreißig zu sein, schützte einen eben doch nicht davor, sich manchmal wie ein Teenager zu fühlen, mit dem die Hormone durchgingen und der Angst vor einer Abweisung hatte. Um seine Hände anderweitig zu beschäftigen, kramte er nach der Taschenlampe, die sie im Kampfsportzentrum gefunden hatten. »Keine Ahnung, wie lang die Batterien noch halten.«

»Lang genug. Nun komm schon.« Jetzt war Tico es, der seine Hand nahm und mit sich zog. Cooper war sich ziemlich sicher, dass die Schmetterlinge in seinem Bauch dafür sorgten, dass er eilig hinterher trabte. Denn eigentlich wollte er um keinen Preis dort hinein.

Die Dunkelheit verschluckte sie förmlich. Selbst der Strahl der Taschenlampe vermochte nur einen winzigen Ausschnitt in ihrem Radius zu erhellen und wirkte eher wie ein verkümmertes Irrlicht. Es fühlte sich so an, als würden sie eine Reise ohne Wiederkehr in das Totenreich unternehmen.

Locos traten nicht immer in Massenansammlungen auf. Der Parasit im Inneren der Wirte wusste, auf welche Weisen er am besten andere infizieren konnte. Wie und wo er potenzielle Opfer fand. Die Horden überrollten alles und jeden, der ihren Weg kreuzte. Doch so sehr die Kreaturen das Kollektiv offenbar schätzten, brachen genug aus den Reihen aus und bewegten ihre zuckenden

Leiber in kleinen Ansammlungen oder gänzlich allein durch die Welt. Dann suchten sie entweder permanent und aktiv nach Menschen, die sie infizieren konnten, oder verfielen an einem strategisch günstigen Ort in ihre Starre. Dieser Tunnel war so ein strategisch günstiger Ort. Perfekt, um in der Dunkelheit zu verharren und die Knochenarme in einer stummen Endgültigkeit durch den nächsten warmen Körper zu treiben, der des Weges kam. Cooper wurde übel bei dieser Vorstellung und verstärkte unterbewusst den Druck auf Ticos Hand. Was sein Freund erwiderte. Gut, er lebte noch und hing nicht bereits leblos und sich wandelnd an seinem Arm.

Cooper atmete tief und dennoch leise durch. Er durfte sich von solchen Gedanken nicht beherrschen lassen. Sie waren vorsichtig und hielten die Waffen im Anschlag. Bei der kleinsten Bewegung im Sichtfeld würde er reagieren. Schnelligkeit war das Einzige, was einem das Leben retten konnte.

Das Licht der Taschenlampe strich über nasse, mit Moos bewachsene Wände aus Stein. Einige teils miteinander kollidierte Autos standen hintereinander oder quer und ergaben ein stummes Abbild des früheren Chaos. Cooper konnte fast das Krachen der Unfälle hören und die aufblitzenden roten Bremslichter sehen. Dieser Tunnel war ein langgezogener Friedhof. Leichen oder irgendwelche Überbleibsel der Insassen gab es jedoch nicht mehr. Die Locos benötigten die menschlichen Körper als Wirt. Sie ließen nichts übrig und nährten sich auch nicht an ihrem Fleisch.

Hier und da zuckte der Lichtkegel über rostbraune Flecken auf Boden und Wänden. Getrocknetes Blut als Zeichen der Leben, die hier geendet waren.

Es war so dumm, hier entlangzugehen. Sie hatten es doch nicht eilig. Nicht wirklich, jedenfalls. Was wäre so schlimm daran gewesen, zu warten, bis die Horde an der Oberfläche weiterzog? Tief im Inneren wusste Cooper, dass man immer in Bewegung bleiben musste. Überall wartete der Tod auf sie. Und doch war es ihm lieber, wenn er ihn sehen konnte.

Hinter jedem Auto könnte ein Loco herausschnellen. Aus den allen paar Meter auftauchenden Notfallausgängen könnten verdrehte Gliedmaßen nach ihnen greifen. Cooper wollte nichts lieber, als diesen Tunnel auf dem schnellsten Weg zu verlassen, aber sie mussten ihn vollends durchqueren. Auf der Karte war nicht ersichtlich gewesen, wie lang er sich erstreckte. Noch war in der Ferne kein Tageslicht zu erkennen.

Tico riss an seinem Arm, sodass Cooper gezwungen war, mit hinter das nächste Auto zu stolpern. Die Taschenlampe erlosch, und um sie herum herrschte sofort eine durchdringende Schwärze. Sie schwiegen – es war ja klar, dass sein Freund etwas gesehen oder gehört haben musste. Das Herz pochte so laut in Coopers Brust, dass er befürchtete, es wäre im gesamten Tunnel zu hören. Mitsamt Echo womöglich ebenso draußen.

Tico hatte seine Hand losgelassen, doch sie kauerten so dicht beieinander, dass Cooper auch so die

Präsenz des anderen spürte. Wie gern hätte er ihn jetzt angesehen. Als Fixpunkt, als Standarte der Hoffnung. Dass schon alles gut werden würde. Dass sie nicht gesehen oder gehört worden waren.

Als Geräusche an sein Ohr drangen, wich diese Zuversicht blankem Entsetzen. Die Locos klangen nie gleich, weil ihre Körper immer auf unterschiedliche Weise entstellt und verzerrt wurden. Manche schlurften auf dünnen Stelzen umher, während der Oberkörper eine Bastei aus Knochen und Fleisch war. Andere behielten grob menschliche Züge, doch die Anzahl der Gliedmaßen und organischen Verwachsungen zeugten von dem grausamen Schicksal. Durch die Dunkelheit konnten sie nicht sehen, wie diese Kreatur beschaffen war. Ob es sich um eine handelte oder mehrere. Sie vermochten nur die Geräusche zu hören und sich das Schlimmste auszumalen.

Regelmäßiges Klacken erklang. Fern erinnerte es an das Laufen einer Frau auf Stöckelschuhen. Dazu passte jedoch nicht der rasselnde Atem, der sich darunter mischte und viel zu schnell ging, um noch menschlich zu sein. Cooper stellte sich Beine vor, die lediglich aus Knochen bestanden und so das Geklacker verursachten. Das allein mit dem definitiv vorhandenen Infektor mitsamt beinernem Schutzschild reichte für eine Gänsehaut der unangenehmen Art.

Ein Schaben ertönte und näherte sich ihnen. Als würde das Biest an der Wand entlangschrammen oder ein Teil von ihm. Und es war in ihre Richtung unterwegs.

Im nächsten Augenblick fühlte Cooper, wie sich zwei Arme um ihn schlangen. Zuerst glaubte er, die Kreatur wollte ihn aus dem Versteck ziehen, doch im selben Moment spürte er die kratzigen Dreads am Kinn, weil sich Tico an ihn presste. Das Rascheln der Kleidung kam ihm so lärmend vor, als würde eine Glocke genau neben seinem Ohr läuten. Trotzdem erwiderte er die Umarmung und hielt seinen Freund fest. Wenn sie jetzt starben, dann wenigstens zusammen. Andererseits kam vorzeitige Kapitulation überhaupt nicht infrage.

Gerade überlegte Cooper, aufzuspringen, die Taschenlampe in die Richtung der Geräusche zu richten und es mit dem Ding aufzunehmen, als es einen langgezogenen Schrei ausstieß. Tico fuhr gemeinsam mit Cooper heftig zusammen. In der Ferne antworteten Locos auf den einsamen Ruf ihres Artgenossen. Entweder er hatte die beiden Männer gewittert und wünschte sich Verstärkung oder er suchte eine Horde.

Das Klacken bewegte sich weiter, am Versteck der Freunde vorbei. Cooper hielt die Augen geschlossen, was in dieser Schwärze total egal war, aber er konnte der Anspannung nicht anders Herr werden. Die Kreatur stoppte nicht. Sie ging weiter, bis die Geräusche leiser wurden. In der Ferne war ein kleiner, heller Kreis zu sehen, durch den er und Tico in den Tunnel gegangen waren. Bald zeichnete sich dort eine Silhouette ab, zu weit fort, um wirklich Details zu erkennen. Cooper starrte dennoch darauf, als würde sein Leben davon abhängen, aber nur, weil er zu hundert Prozent sicher sein wollte, dass das Wesen verschwand.

Noch Minuten, nachdem dieser Fall eingetreten war, saßen die beiden Freunde eng umschlungen hinter dem Auto. Cooper war dazu übergegangen, Tico beruhigend über den Rücken zu streichen. Dabei hatte er die Hand jedoch zur Faust geballt, was die Bewegung nicht so sanft gestaltete, wie sie eigentlich sein sollte. Die Kälte des Bodens drang durch seine Kleidung und ließ ihn zittern. Wobei Letzteres auch an der Angst liegen könnte, welche er immer noch in Mark und Bein spürte.

Er würde so gern mit Tico sprechen, ihn beruhigen. Aber die Sache war noch nicht ausgestanden. Auch wenn die Kreatur ihren Schrei ausgestoßen hatte und nur außerhalb des Tunnels Antwort erschollen war, durften sie nicht davon ausgehen, dass es hier sicher war. Zum einen ließ es sich, vor allem an einem Ort wie diesem, nie zu hundert Prozent bestimmen, woher Geräusche kamen. Und zum anderen gab es immer noch Locos in Starre, die nicht dem Ruf einer Horde oder Artgenossen folgten und sich erst aktivierten, wenn sie sich dazu entschieden.

Sie kämpften sich hinter dem Auto hervor. Zumindest fühlte es sich so an, denn Coopers Glieder wollten nicht so recht gehorchen. Alles in ihm rief danach, sich hier weiter zu verschanzen, wobei das absolut keine Option war. Nur weil es für den Moment ein taugliches Versteck gewesen war, galt das nicht für die Zukunft.

Cooper drehte sich zu dem Eingang herum und beobachtete ihn angestrengt. Keine Bewegung. Als er lauschte, hörte er auch nichts. Er kratzte jeglichen noch vorhandenen Mut zusammen und schaltete die Taschenlampe ein. Jetzt sahen sie zwar wieder, wohin sie gingen, doch das Licht hatte nichts Tröstendes mehr. Cooper stand der Schweiß auf der Stirn, weil er sich ständig einbildete, auf eine Ansammlung von bizarren Gliedmaßen zu leuchten. Er vermied es zudem, Tico einen Seitenblick zu schenken. Es kostete ihn jegliche Willenskraft, sich selbst beisammenzuhalten und einen Schritt nach dem anderen zu gehen. Wenn er nun auch noch Ticos wahrscheinlich vor Panik verzerrte Mimik sah, dann würde es ihm den Boden unter den Füßen fortziehen. Ihre Finger hatten sie dennoch wieder miteinander verschränkt. Sie waren glitschig vor Angstschweiß, und beide drückten so fest zu, dass es beinah schmerzte.

Eine gefühlte Ewigkeit später verließen sie den Tunnel und hielten vor einem querstehenden Bus an, der die Straße blockierte. Die Scheiben waren zerbrochen, einer der Reifen fehlte und an den Seiten waren mit Graffiti einige Botschaften niedergeschrieben. ›Der Tod lauert überall‹ stand dort beispielsweise. Cooper musste sich beherrschen, nicht zu schnauben.

Eigentlich sollte sein Blick direkt zu Tico schweifen, aber irgendwie konnte er ihn immer noch nicht ansehen. Er wusste auch nicht, wieso.

Vielleicht weil er sich an längst vergangene Tage erinnert fühlte und das nicht wollte. Weil er Angst davor hatte, was er in den Augen seines Freundes erblicken würde.

Links und rechts neben der Straße lag ein dichter Wald, in den sie jetzt wortlos eintauchten. Vielleicht fanden sie einen Hochsitz oder eine alte Hütte, bevor die Nacht einfiel. Nach wenigen Metern löste Tico die Umklammerung ihrer Hände, was eine seltsame Leere in Cooper hinterließ. Nun blickte er doch scheu zur Seite, konnte das Gesicht seines Freundes jedoch nicht erkennen. Die Dreads hingen davor. Aber die Körpersprache zeigte genug. Hängende Schultern, zu Fäusten geballte Hände. Schwere, schleppende Schritte statt gut gelaunte, die ihn wie sonst fast abheben ließen.

Cooper presste die Lippen aufeinander und sah zu Boden. Nur wenn er Geräusche hörte, blickte er sich hektisch um, doch sie schafften es unversehrt bis zu ihrem unbestimmten Ziel. Das sie erst erkannten, als es sich über ihnen erhob. Tico war stehen geblieben und warf einen Stein auf die geschlossenen Türen des Hochsitzes, um herauszufinden, ob er besetzt war.

Als es still blieb, kletterte Tico die Leiter hinauf, und Cooper folgte ihm. Im Inneren des kleinen Verschlags zeugte auch nichts davon, dass er gerade von jemand anderem als Herberge genutzt wurde, also konnten sie sich wohl halbwegs beruhigt niederlassen.

Wobei von Entspannung nicht die Bohne zu spüren war. Cooper zog zwar den Rucksack von seinen Schultern und setzte sich im Schneidersitz in eine Ecke, doch am liebsten würde er sich zusammenrollen und vor Erleichterung und fortwährender Angst wimmern. Den Kopf gegen die Wand zu schlagen, wäre auch eine Option. Eigentlich komisch, nach dem Massaker in der Siedlung hatte er sich nicht so gefühlt. Doch er war dabei, die Geschehnisse langsam zu verarbeiten, vielleicht war er jetzt deswegen voller Schock.

»Coop?

Es fiel ihm schwer, den Blick zu heben.

»Coop!«

Er hatte keine Wahl. Dennoch tat er es zögerlich, tastete sich förmlich jeden Zentimeter vor, bis er endlich Ticos Gesicht erreichte. Mit einem Blinzeln schindete er eine letzte Sekunde Zeit.

Er wusste nicht, was er erwartet hatte. Vielleicht eine Maske des Entsetzens. Vor Angst geweitete Augen. Nass geweinte Wangen. Doch alles, was er in Ticos Mimik sehen konnte, waren Sorge und Erschöpfung. Resignation. Cooper wollte den Blick wieder abwenden, weil es so anstrengend war, diese Stärke aufzubringen.

Tico kam auf die Knie und robbte zu ihm heran. Mit beiden Händen umfasste er sein Gesicht und zwang ihn so, ihn anzusehen. »Rede mit mir!«

»Was willst du denn hören? Dass es verdammt knapp war? Diesen Satz sagen wir aktuell viel zu häufig zueinander.« Er wusste auch nicht, weshalb ihn das jetzt so aus der Bahn warf. Diese Welt war schließlich nicht neu für sie. Trotzdem fragte er sich, ob sie nur zu zweit gegen sie bestehen konnten.

Immer noch hielt Tico sein Gesicht fest, und irgendwie war es beruhigend, ihm so nah zu sein und seinen Atem auf seiner Haut zu spüren. Doch sein Freund unterbrach den Blickkontakt und ließ die Hände schlussendlich sinken. »Ich weiß. Diesmal habe ich nicht mehr geglaubt, dass wir das überleben. Es ... es tut mir leid.«

Verwirrt sah Cooper ihn an. »Was?«

»Dass ich aufgegeben habe und schwach war.«

»Unsinn!« Cooper vollführte eine entschiedene Geste. »In so einem Moment Angst zu haben, ist natürlich. Ich hätte auch etwas tun können. Aber manchmal ist es schlauer, abzuwarten. Wenn wir es angegriffen hätten, würden wir nicht hier sitzen.«

In Wahrheit hatte auch Cooper ein schlechtes Gewissen, weil er das Gefühl hatte, seinen Freund nicht genug beschützt zu haben. Es war Schwachsinn, das wusste er. Sie taten beide ihr Bestes.

»Ich hatte einen Flashback«, flüsterte Tico und ließ sich wieder nach hinten fallen, um ebenfalls in einen Schneidersitz zu kommen. »Als wir aus der Stadt geflohen sind, weißt du noch?«

»Ja. Und das hatte ich auch«, gab Cooper nach einem kurzen Zögern zu.

»Es ist so lang her, und doch fühlte ich mich gelähmt und ängstlich wie damals. Du musstest mich zwingen, weiterzugehen, obwohl oder gerade weil die Straßen voll von diesen Viechern waren. Hätten wir dort ausgeharrt ... würden wir jetzt auch nicht hier sitzen. Genau wie in unserer Kolonie. Wie treffen wir solche Entscheidung, Coop? Wie wissen wir, was richtig und falsch ist?«

Für einen Moment musste Cooper darüber nachdenken. »Darauf gibt es keine Antwort. Niemand kann vorhersagen, was passiert. Im Zweifel können wir uns nur auf unser Bauchgefühl und unsere Prinzipien verlassen.«

»Ich wollte wegrennen. Einfach blind wegrennen. Obwohl ich wusste, dass das mein Todesurteil gewesen wäre und ich dich im Stich gelassen hätte«, flüsterte Tico und blickte auf.

Es war hart für Cooper, ihn so zu sehen. Sein Freund war sonst derjenige mit ungetrübter Laune. Derjenige, der immer optimistisch blieb. Derjenige, der an eine positive Zukunft glaubte.

Cooper dachte, ihm müssten diese Worte wehtun. Taten sie aber nicht. Er verstand diesen Gedankengang und konnte seinen Freund doch nicht zwingen, sich für ihn zu opfern. »Das ist okay. Es reicht, wenn ich mich in die unmöglichsten Situationen stürze, um dich zu retten.« Er hob seine Mundwinkel ein wenig, weil er hoffte, so die Stimmung aufzulockern.

Tico schüttelte so vehement den Kopf, dass seine Dreads umherflogen. »Es ist nicht okay.«

»Hey. Falls du Angst davor hast, dass ich enttäuscht sein könnte, irrst du dich. Ich erwarte nicht von dir, dass du dich zwischen mich und einen Loco wirfst. Und auch nicht, dass du stets furchtlos bist.« Cooper versuchte sich an einem aufmunternden Lächeln.

»Wenn man heute sagt ›Ich würde für dich sterben‹ ist das viel weitreichender als früher. Weil die Wahrscheinlichkeit höher ist, dass dieser Fall wirklich eintritt ...«

»Und wir waren uns einig, dass wir nicht den Helden spielen. Dass wir unser Leben nicht vergeuden«, hielt Cooper dagegen. »Dennoch halte ich mich nicht daran, weil ich gemerkt hab', dass ich es einfach nicht kann. Es ist nicht so, dass ich mein Leben nicht mag, dass ich es sehenden Auges wegwerfe. Vielmehr ist es ein Instinkt, der ein Teil von mir ist, weil wir seit unserer Kindheit Freunde sind und die Welt um uns herum im Chaos versinkt. Ich kann nichts dagegen tun, ich werde dich immer beschützen wollen. Aber ich verlange es nicht von dir.«

Für einen Moment blickte Tico ihn einfach nur an. »Ich weiß. Und ich versuche, dir zu sagen, dass es mir ebenso geht. Ja, ich wollte eben wegrennen. Aber ich hab' dem Drang nicht nachgegeben. Nicht nur, weil es eh verlorene Liebesmüh gewesen wäre, sondern auch, weil ich die Gefahr mit dir zusammen durchstehen wollte.«

Cooper konnte nichts gegen das Lächeln tun, das ihm auf die Lippen trat. Er hielt seinem Freund die geballte Faust hin. »Wir sind das perfekte Team. Schon immer gewesen. Daran ändert auch die Apokalypse nichts. Deal?«

Mit einem Grinsen lehnte sich Tico vor. Endlich entspannten sich seine Gesichtszüge, und er sah wieder viel mehr aus wie der Alte. Er stupste Coopers Faust kurz mit seiner an. »Deal!«

Off to new horizons

Es gelang ihnen, etwas Schlaf zu finden und am nächsten Morgen den Weg fortzusetzen. Durch den Tunnel waren sie in für sie unbekanntes Gebiet gelangt. Hier wurde es weitaus ländlicher, als es in dem Bereich ihrer alten Siedlung gewesen war. Mit nur wenigen Stunden Fußweg Entfernung hatte diese noch recht nah an der nächsten großen Stadt gelegen. Eigentlich ein Wunder, dass sie so lang überlebt hatte. Scott hatte immer gesagt, die Nachbarschaft zur Metropole wäre gleichzeitig ihr Pech und Glück. Pech, weil definitiv große Horden in der Nähe waren. Glück, weil diese für gewöhnlich lang in der Stadt verharrten, bevor sie wieder loszogen. Das Damokles-Schwert blieb in beiden Fällen immer über einem. Jeder Tag konnte der letzte sein, ob man sich nun hinter Mauern verkroch oder als kleine Gruppe unverhofft den Weg einer Horde kreuzte. Oder auch nur eines einzelnen Locos.

Das, was sie noch an Proviant hatten, teilten sie auf. Dass sich vor ihnen nun eine ländlichere Gegend erstreckte, half dabei, ihn wieder aufzustocken. Im Jagen waren sie denkbar schlecht, und Cooper bereute nicht nur einmal, die Waidmänner aus der alten Kolonie nie begleitet zu haben. Ihnen fehlten Pfeil und Bogen. Alles andere wäre zu laut. Die Schrotflinten kamen Cooper hier draußen schrecklich unnütz vor. Wenn es eine Schlacht innerhalb der Siedlung gab, war der Lärm egal, weil er ohnehin von dem Geschrei der Locos übertönt wurde. Aber hier war ihm manchmal schon das Geräusch ihrer Schritte zu laut.

Tico kam mit seinen Ninjatōs nie nah genug an ein Tier heran, um es zu erwischen. Also mussten sie sich auf Pflanzen, Insekten und Beeren stürzen. Im Jagen waren sie vielleicht nicht gut, dafür wusste heutzutage wohl jeder Überlebende, was aus der Natur bekömmlich war und was nicht.

Sie reisten noch einen weiteren Tag, bis der Wald lichter und der Boden sandiger wurde.

Ein Rascheln kündete davon, dass Tico die Karte zur Hand nahm. »Wir sind fast am Meer.«

Cooper hob eine Augenbraue und sah zu seinem Freund. »Also ... du weißt schon, dass diese Feststellung überflüssig ist, oder?«

»Schau doch mal! Wir sind ungefähr hier.« Tico hielt ihm das Papier so dicht vor das Gesicht, dass Cooper nur verschwommene Linien und Buchstaben erkannte. Der Finger, der auf irgendeinen Punkt tippte, streifte kurz seine Stirn. »Und da ist das Meer. Wir sind wirklich fast da.«

Seufzend legte Cooper seine Hände auf Ticos Schultern und drehte ihn um. »Statt auf deine Karte zu starren, sieh es dir lieber live und in Farbe an.«

Das Rauschen war längst zu hören und zwischen den Bäumen ein weiter Strand zu erkennen. In der Ferne auch das Meer und die Gischt, welche die Wellen zierte, als diese das Ufer trafen.

»Krass!« Tico stützte die Hände in die Hüften. »Wir haben es also wirklich geschafft.«

Cooper nickte lachend. Bevor er etwas erwidern konnte, lief Tico los und streckte die Hände in die Höhe.

Für einige Sekunden sah Cooper ihm verwirrt hinterher und schüttelte den Kopf. Wenigstens verkniff sich sein Freund das Jubeln, aber generell war es ziemlich unvernünftig, so ins offene Feld zu rennen. Er setzte ihm nach, checkte jedoch intensiv zu beiden Seiten die Umgebung. Keine Horde zu sehen. Und auch sonst niemand. Konnte jederzeit kippen, aber verdammt, sie lebten nur einmal. Also sputete sich Cooper und fing an, zu rennen. Schwer atmend kam er am Ufer an und blickte auf die Wellen, die beinah seine Schuhe erreichten. Wie lang war es her, dass er das Meer gesehen hatte? Es war in einem anderen Leben gewesen. Einem einfacheren, aber nicht so intensiven.

Cooper versuchte zu vergessen, dass sie gerade auf dem Präsentierteller standen. Weit und breit gab es keine Gelegenheit, sich zu verstecken. Bis sie wieder bei den Bäumen wären, hätte die Horde sie womöglich schon gesichtet. Und doch war es gerade viel verlockender, sich die sanfte Brise um die Nase wehen zu lassen und den salzigen Duft einzuatmen. Sowie dem Schreien der Möwen zuzuhören und sich von dem Anblick und Klang der Wellen beruhigen zu lassen.

Stoff traf ihn im Gesicht und ersetzte das Salz mit dem unverwechselbaren Geruch von Tico. Herb und ein wenig nach Moos. Aus Reflex nahm Cooper die Hände hoch, um das Shirt aufzufangen. Aus dem Augenwinkel sah er nackte Haut aufblitzen. Zwar war es wirklich nicht das erste Mal, dass er Tico so zu Gesicht bekam, trotzdem schaffte er es nicht, ihm den Blick zuzuwenden, sondern starrte auf das Kleidungsstück. »Du willst jetzt echt ein Bad nehmen?«

»Klar! Die Gelegenheit lass' ich nicht verstreichen. Du kommst doch mit, oder?«

Die Chucks und Socken landeten neben Cooper und kurz darauf auch die Cargohose. Schluckend legte er das Shirt und die Waffen hinzu. »Was ist mit den Locos?«

Tico trat zu ihm und friemelte an den Riemen seines Rucksacks herum, bis es ihm gelang, ihm diesen über die Arme zu ziehen. »Wir können tauchen und uns unter Wasser verstecken.«

»Wie lang kannst du deine Luft anhalten? Stunden?« Cooper versuchte, seine Atmung zu kontrollieren, und betrachtete immer noch krampfhaft das Meer, ohne wirklich etwas zu sehen.

Tico zupfte an dem Saum seines Shirts und lachte. »Machst du das extra und provozierst es, dass ich dich ausziehe?«

Moment Mal, hatte sein Freund das gerade wirklich gesagt? Rasch versuchte Cooper, seine

Verlegenheit zu überspielen. »Ich mein's ernst, wir sollten wieder zurück und uns ...«

Tico trat nun vor ihn, sodass Cooper gezwungen war, ihn anzusehen. Er erhaschte nur einen kurzen Blick in seine Augen, dann wurde sein Hemd schon angehoben und über seinen Oberkörper gezogen. Damit es nicht lächerlich wurde, hob Cooper ergeben die Arme und ließ es sich abziehen. So eine Situation hatte er sich so lang gewünscht, aber es sich vollkommen anders vor-gestellt. Intimer. Nicht, dass er sich dabei benahm wie ein kleiner Junge. Obwohl er gerade eigentlich der Erwachsenere war und sich scheinbar als Einziger um ihre Sicherheit sorgte.

Tico grinste und ließ das Shirt zu seinen Klamotten fallen. Anschließend band er seine Haare zu einem Dutt, wobei er eine der Dreads als Haarband nutzte. »Den Rest schaffst du ohne mich.« Eine kurze Pause folgte, und sein Blick wurde eine Spur amüsierter. »Oder?« Damit wandte er sich um und ging den Fluten entgegen.

Cooper blieb zurück und starrte die Rückansicht seines Gefährten an. Viel länger, als es unter Freunden üblich sein sollte. Allerdings hatte er sich ja schon vor geraumer Zeit eingestanden, dass Tico mehr für ihn war. Seufzend streifte er Boots, Socken und Hose ab, bevor er ihm hinterher watete, bis er bis zur Hüfte im Ozean stand.

Tico hatte hier auf ihn gewartet und klopfte ihm auf die Schulter. Die Berührung auf der nackten Haut ließ ein Kribbeln zurück, von dem sich Cooper wünschte, dass es ewig blieb.

»Meinst du echt, es ist sicher? Vielleicht können die Locos inzwischen auch schwimmen? Oder ein Hai taucht auf? Oder ...«

»Mach dir weniger Sorgen, Coop. Hier gibt's doch keine Haie. Und nur weil die Locos gelernt haben, zu klettern, heißt das nicht, dass sie uns aufs Wasser folgen. Der Strand ist ruhig. Und falls sie hier entlangkommen, sind wir längst da hinten.« Tico nahm seine Hand und zog ihn weiter mit sich.

Cooper verstand nicht, aber als er in die Richtung blickte, auf die Tico zuhielt, begriff er es endlich. Denn da hinten schaukelte eine Segelyacht.

Je näher sie heranschwammen, desto mehr wünschte sich Cooper, die Waffen mitgenommen zu haben. Er hatte mit einem kleinen Schwimm-exkurs gerechnet und dass sie danach weiter nach einer Kolonie suchten. Nicht, dass sie ein Boot aus-kundschaften würden, bei dem sie nicht wussten, was sie darauf erwartete. Sie hatten nichts an und bei sich. Nur ihre Shorts trugen sie noch. Sollten dort Locos schlummern oder feindlich gesinnte Überlebende warten, wären sie geliefert.

Die Rückseite der Segelyacht verlief schräg nach oben und war an der linken Seite mit einer Metall-leiter versehen. Tico erreichte diese als Erster. Cooper war ohnehin viel zu geschafft vom Schwimmen, als dass er noch einmal eine Warnung hätte loswerden können. Schnaufend hielt er sich an dem kühlen Stahl fest und lehnte sich mit der

Stirn dagegen. Ein Kampf wäre in dieser Verfassung aussichtslos. Tico schien nicht mal im Ansatz geschafft zu sein, aber er war auch schon immer der Sportlichere von ihnen gewesen. Man gewann zwar eine gewisse Ausdauer, weil man im Gegensatz zu früher weitere Strecken zurücklegte, aber Schwimmen war doch eine ganz andere Form der Anstrengung.

Cooper verharrte so, bis er eine Berührung am Kopf fühlte. Hektisch sah er nach oben, nur um in Ticos amüsiertes Gesicht zu blicken. Sein Herz trommelte – für einen Moment hatte er echt gedacht, es wäre ein Fremder oder ein Loco. Wobei ihm Letzterer direkt den Infektor in den Kopf gerammt hätte.

Tico hatte die Hand wieder fortgenommen und hielt sie stattdessen hoch. »Woah! Ich wollte dir nur ein bisschen durch die Haare wuscheln, während du zu Atem kommst.«

Cooper schnaubte. »Überzeug dich lieber davon, dass wir allein sind.«

»Hab' ich schon. Ist zwar alles ein bisschen verwahrlost, aber echt gemütlich. Ein Wunder, dass hier niemand lebt.«

»Vielleicht sind sie ausgeflogen.«

»Glaub' ich nicht, es sieht nicht danach aus.« Tico wies auf die breite Klappe neben der Leiter. »Komm mal hoch, und wir schauen, was sich noch darin befindet.«

Cooper atmete tief durch, dann griff er nach der Leiter und zog sich aus dem Wasser. Oben half ihm Tico über die Reling.

»Danke«, nuschelte Cooper und war ein bisschen peinlich berührt, weil er sich so fertig fühlte. Um sich abzulenken, sah er sich erst mal um. Zu beiden Seiten gab es Sitzgelegenheiten mit rissigen und schmutzigen Polstern. Die Ursprungsfarbe dürfte einmal marineblau gewesen sein. Links und rechts standen je ein großes weiß lackiertes Steuerrad mit einigen Monitoren, deren Bildschirme schwarz waren. Dazwischen führte ein Gang zu weiteren Sitzplätzen und einer Klappe im Boden, die geöffnet war und Stufen offenbarte. »Unter Deck hast du auch schon geschaut?«

Tico stieß ein Schnauben aus. »Hältst du mich echt für einen Anfänger? Klar habe ich das. Es fehlt nur noch die Klappe hier, aber dafür brauche ich deine Hilfe.«

Cooper wandte sich um und bückte sich, um die Vorrichtung zum Öffnen auf der einen Seite zu greifen, während sich sein Freund die andere vornahm. Gemeinsam zogen sie, wobei sich die Klappe nach unten öffnete und den Blick auf ein Rettungsboot freigab.

»Wie cool ist das denn? Damit können wir aufs Festland schippern, ohne den Kahn hier zu bewegen. Vielleicht fahren wir vorher noch ein bisschen weiter raus, um vom Ufer nicht so gut sichtbar zu sein.« Tico richtete sich auf und stemmte mit einem begeisterten Gesichtsausdruck die Hände in die Hüften. »Außerdem ist das ein zusätzlicher Hinweis, dass hier niemand lebt. Die hätten doch auch das Boot benutzt, um ans Festland zu kommen, statt zu schwimmen.«

Cooper mochte die Idee, hier zu leben. Sie wären sicher vor den Locos. Eine Yacht stellte schon einen ziemlichen Glücksgriff dar. »Ich kann das kaum glauben.«

Tico deutete zur Takelage. »Die Segel sind eingefahren, und der Anker ist gelichtet. Wer weiß, was hier passiert ist. Gut möglich, dass die Yacht erst mit den Jahren in Richtung Strand getrieben ist und vorher einfach nicht zugänglich oder sichtbar war.«

Cooper überlegte und nickte schließlich. »Okay. Kennst du dich denn mit Booten aus? Ich habe keine Ahnung, wie man so ein Teil fährt.«

Grinsend sah Tico ihn an. »Wir werden das schon herausfinden. Vielleicht ist ja auch der Tank leer, dann müssen wir das Beste daraus machen. Aber jetzt schau dir erst mal an, wie es unten aussieht. Du musst dich schließlich auch wohlfühlen, wenn das hier unser neues Zuhause wird.«

Bei Tico klang es so, als wäre das schon beschlossene Sache. Zugegebenermaßen war seine Begeisterung ansteckend – wie immer. Cooper stieg dennoch ein wenig skeptisch die Treppen hinab, nachdem sie die Klappe zum Boot wieder geschlossen hatten.

Als er sich hier umsah, wurden seine Bedenken stetig weniger. Links von ihm befand sich eine winzige Küche mit einem Herd, einer Mikrowelle, Spüle und einigen Schränken. Rechts ging eine Tür zu einem Badezimmer ab, in dem sogar ein kleines Becken mit einer Duschbrause Platz gefunden hatte. Ob sie das alles benutzen konnten – wegen

Wasser und Strom – wusste Cooper nicht, aber irgendwie war dieser Ort etwas so Normales, dass es ihm direkt heimelig warm ums Herz wurde. Weiter hinten war eine Sitzecke um einen Holztisch angebracht, doch bevor Cooper sie genauer inspizieren konnte, nahm Tico ihn an den Schultern, schob ihn nach vorne und drehte sich schließlich mit ihm. Nun sah Cooper eine weitere Tür, die offenstand und zu einer Schlafecke führte. Im Grunde war darin nichts anderes als ein breites Bett, das perfekt in diese Nische passte. Am Kopfende waren rundum Fenster angebracht, genau wie bei der Sitzecke.

»Also ... wir haben ein Bett, wir haben jede Menge Platz zum Abhängen, wir haben Wasser, das wir abkochen können, oben habe ich eine Harpune und eine Angelausrüstung gesehen. Wenn wir jetzt noch herausfinden, wie der Kahn läuft und ob die Stromversorgung funktioniert, haben wir echt den Jackpot geschossen«, ertönte Ticos Stimme leise an Coopers Ohr. Interessant, dass er das Bett zuerst aufgezählt hatte ... oder?

»Ich fasse es nicht, dass wir so viel Glück haben sollen.« Cooper drehte sich und sah Tico an.

Der grinste ihm fröhlich entgegen. »Akzeptiere es einfach. Komm, gehen wir wieder hoch.« Er zog ihn an der Hand mit sich, löste sich aber bald von ihm und fuhrwerkte leise murmelnd an den Steuerrädern herum.

Cooper ließ ihn machen und nutzte die Zeit, um sich genauer umzusehen. Ihm fielen ein kleines Windrad und einige Solarpanels auf. »Hey, ich denke, um Strom müssen wir uns keine Sorgen machen. Nur checken, ob nichts durchgebrannt ist.«

Tico antwortete nicht, also zuckte Cooper mit den Schultern und lief wieder nach unten, um die Mikrowelle auszutesten. Und tatsächlich ... das Licht innen ging an und das wohlbekannte, brummende Geräusch ertönte. Wahnsinn! Wie lang hatte Cooper das nicht mehr gehört? Ewigkeiten! In der Kolonie hatten sie keine Möglichkeit gehabt, Strom herzustellen. Manche Bewohner hatten Solarlichterketten gefunden und an die Holzhütten gehangen. Für die Versorgung hatten sie Grundwasser an die Oberfläche gepumpt und Ackerbau betrieben. Ansonsten hatten sie das gegessen und getrunken, was die Jäger und Versorgungsläufer gebracht hatten. Doch hier auf dem Schiff hatten sie nun die Möglichkeit, vollkommen autark zu leben.

Das charakteristische Ping der Mikrowelle ertönte.

»Strom funktioniert?«, rief Tico. Seiner Stimme war die Begeisterung anzuhören.

»Jawoll«, war Coopers Antwort, und so langsam breitete sich auch auf seinem Gesicht ein optimistisches Lächeln aus.

Als er die Stufen wieder hinaufstieg, ertönte das eher ungesunde Geräusch eines Motors. Cooper konnte spüren, wie sich das Gefährt langsam in Bewegung setzte. Oben an Deck angekommen, breitete er die Arme aus und stellte sich in den Wind. Das Gefühl absoluter Freiheit durchströmte ihn, und er konnte für einen winzigen Moment den ganzen Mist der letzten Tage vergessen. Neben ihm stand Tico am Steuerrad und klopfte ihm auf die Schulter.

Nur kurz warf Cooper einen Blick zum Ufer, das in der Ferne immer kleiner wurde. »Vielleicht hätten wir vorher unseren Kram holen sollen.«

»Ach was! Erst mal das Schiff weiter abseits auf dem Meer parken, den Anker werfen und dann schippern wir mit dem kleinen Boot rüber. Es ist eh noch früh. Wir sollten schauen, ob wir Vorräte finden. Oder andere nützliche Dinge für unser neues Zuhause.«

Cooper hatte ein bisschen Angst davor, die Yacht einfach zurückzulassen. Sie hatten sie doch gerade erst gefunden. Aber Tico hatte recht, sie mussten eine Tour machen.

We need more than that

Ein leichter Ruck ging durch das Boot, als es sich über den Meeresgrund auf das sandige Ufer schob. Schwer atmend zog Cooper das Paddel ins Innere. »Also, das müssen wir noch lernen.« Bis sie den richtigen Rhythmus gefunden hatten, waren sie gefühlt ewig im Kreis gefahren oder gegen die Yacht gestoßen. Zum Glück war nichts Schlimmeres passiert.

Tico grinste. »Und in ein paar Tagen haben wir Arme aus Stahl.«

Ein Schnauben war Coopers Antwort, bevor er auf wackeligen Beinen aus dem Boot stieg und sich zum Meer umdrehte. Die Yacht war immer noch zu erkennen, lag nun aber deutlich zu weit weg, um sie schwimmend ohne Gefahren zu erreichen. Andererseits hatten sie möglichen Eindringlingen nun selbst einen Weg hinüber geliefert.

Tico schien einen ähnlichen Gedanken zu haben, denn er strich sich über das Kinn und starrte das Ruderboot einen Moment an. »Es gibt immer irgendein Problem, oder?«

Cooper seufzte innerlich und nickte. »Wir könnten aus dem Wald einiges an Gehölz und Grünzeug sammeln und drüber legen.«

»Mal ehrlich, Grünzeug hier, wo sonst in direktem Umkreis nur Sand ist, fällt genauso auf wie ein Boot. Wir werden es darauf ankommen lassen müssen. Vielleicht finden wir irgendwann eine farblich passende Decke oder so.«

»Dann leinen wir es hier fest und lassen es wieder ins Wasser treiben. Vielleicht ist es so den meisten zu unsicher, sich ihm zu nähern«, schlug Cooper vor.

Tico nickte und schüttelte gleich darauf den Kopf. »Sie können es am Seil wieder ans Ufer ziehen.«

»Ja, aber allzu einladend sollten wir es nicht machen. Ein treibendes Boot sieht zumindest nicht gleich danach aus, als wäre es eben benutzt worden, oder?« Cooper versuchte, sich die Situation aus der Warte eines Passanten vorzustellen. Er wäre nie freiwillig an den offenen Strand und in das Wasser gegangen, hätte Tico nicht alle Vorsicht über Bord geworfen. Die meisten Menschen waren hoffentlich besonnener als sein Freund.

Cooper nahm den Erdnagel aus dem Boot und trieb ihn so weit in den Sand, bis er festsaß. Außerdem holte er noch das Harpunengewehr heraus. Er und Tico waren übereingekommen, dass das eine ziemlich gute Jagdwaffe war und sich auch gegen die Locos einsetzen ließ. Man konnte sie damit an Ort und Stelle festnageln und in Ruhe den Infektor abtrennen. Im Idealfall.

Als Letztes wickelten sie das Seil um die Ösen des Nagels und kamen wieder neben dem Boot zum Stehen.

»Hast du eine Ahnung von Seemannsknoten?«, erkundigte sich Cooper, obwohl er die Antwort bereits kannte.

»Wir müssen echt noch viel lernen«, gab Tico lachend zurück. Fragte sich nur, wer ihnen dazu etwas beibringen sollte. Es war wohl eher Üben durch Handeln angesagt.

Gemeinsam zogen sie das Boot wieder ins Wasser.

»Jetzt darf es nur nicht stürmen«, meinte Cooper und verschränkte die Arme vor der Brust.

»Nun komm mal wieder runter, Bruder. Du sorgst dich zu viel.« Tico legte ihm eine Hand auf die Schulter und bugsierte ihn zu dem kleinen Haufen aus Klamotten und Waffen.

Cooper versuchte, sich nicht anmerken zu lassen, dass ihn dieser neue Kosename nur noch mehr verunsicherte.

Ihre Shorts waren durch die Sonne zum Glück getrocknet, also konnten sie sich ohne Umschweife anziehen und aufbrechen. Immer wieder schaute Cooper von links nach rechts und rechnete jedes Mal damit, groteske Silhouetten zu erblicken, die rasch näherkamen. Erst als sie in den Schutz der Bäume tauchten, atmete er auf. Auch Tico hatte die ganze Zeit nichts gesagt, doch jetzt hielt er inne und holte die Karte hervor.

»Müssten mal Stifte finden, damit ich was einzeichnen kann«, brummte er.

»Wie gut, dass du mich dabei hast. Ich habe einen sehr guten Orientierungssinn.«

Tico sah auf und hob eine Augenbraue. »Du warst hier noch nie, ebenso wenig wie ich.«

»Na ja ... aber ... wenn wir zur Straße zurückkehren, gibt es Straßenschilder, an denen wir uns orientieren können.«

Mit einem theatralischen Seufzen packte Tico das Papier wieder weg. »Wir brauchen keine Schilder, wenn wir die Karte haben. Ich will doch auch eher so geheime Orte einzeichnen, wie den Standort unseres neuen Heimes. Komm, ich weiß, wo wir hingehen.«

Cooper steckte die Hände in die Hosentaschen und trottete ihm hinterher. »Und wohin wäre das?«

»Meiner Meinung nach sollten wir Orte aufsuchen, die nicht so offensichtlich sind. Da haben wir noch am ehesten die Chance, Vorräte und nützliche Dinge zu finden.«

Dem hatte Cooper nichts entgegenzusetzen. Plätze, die eine fette Beute suggerierten, waren bereits leer oder besetzt. Wie die meisten Supermärkte, Apotheken und Wohnhäuser. Trotzdem war er skeptisch, denn umso weniger würden sie wissen, ob sie ihre Bemühungen in das richtige Unterfangen steckten. Die Aussicht auf Erfolg spielte schließlich auch eine Rolle. Überleben gestaltete sich schwierig, wenn man nicht hin und wieder Mut zu Risiko zeigte.

»Und solche Orte gibt es noch?«

Tico nickte begeistert und klopfte auf die Tasche, in der sich die Karte befand. »Man muss genau hinsehen, aber ein paar Touristenattraktionen sind hier eingezeichnet. Und manchmal gibt es dort auch Souvenirläden und einen Snackshop. Mit etwas Glück finden wir genau so einen Ort.«

Cooper ließ sich von Ticos Begeisterung anstecken und nickte versonnen. »Klingt logisch. Und was ist das für eine Attraktion, die du jetzt ausgesucht hast?«

Tico grinste breit und nahm ihn an der Hand, um ihn zu seinem Tempo zu zwingen. »Das wird eine Überraschung.«

Mit einem Seufzen akzeptierte er das und verhakte die Finger entschlossen mit Ticos. War es schlimm, dass er hoffte, die Reise würde noch lang dauern und sie sich nie wieder loslassen?

»Eine Höhle?« Cooper erlitt binnen Sekunden einen Flashback zu dem Tunnel, aus dem sie vor nicht allzu langer Zeit nur knapp mit dem Leben davongekommen waren. Der Schock über diesen Ort hatte ihn auch dazu getrieben, sich von seinem Freund zu lösen und einen Schritt zurückzutaumeln.

Vor ihnen klaffte ein zackiges Loch im Felsen, das dem gezahnten Maul einer versteinerten Kreatur glich. Darüber war in grauen Plastiklettern ein Schriftzug angebracht, den man nicht mehr lesen konnte, da er von Moos und Pflanzwerk halb überwachsen war. In Coopers Vorstellung war dies der Schlund der Hölle. Er glaubte sogar, ein leichtes rotes Glühen in der Dunkelheit zu erkennen.

»Ich hatte gehofft, der Shop würde sich daneben befinden«, murmelte Tico und rieb sich über den Hinterkopf. »Sieh mal, da gibt es Prospekte.«

Cooper entdeckte den kleinen Schaukasten und griff eines der durchweichten Papiere heraus, um es aufzuklappen. »Offenbar sind wir Meister darin, irgendwelche Karten zu finden.« Er schnaubte genervt und hielt sie Tico hin. So würden sie sich zumindest nicht in diesen Katakomben verlaufen. Doch er hatte immer noch wenig Lust darauf, sich hineinzubegeben.

»Aber schau, hier steht etwas von einem Shop. Angeblich ist das hier eine Drachenhöhle. Abenteurer, die mutig genug sind, hindurchzuwandern, erwartet am Ende ein Schatz.« Tico drehte den Prospekt um und offenbarte einige Fotos. »Damals gab es sogar ein Restaurant an einem unterirdischen See. Sieht das nicht wunderschön aus?«

Kurz musterte Cooper die Bilder und musste zugeben, dass das schon ziemlich magisch anmutete. Und ein bisschen romantisch. »Aber ... es ist absoluter Wahnsinn ... denk doch an den Tunnel und die Dunkelheit. Von überall könnten wir jederzeit angegriffen werden und es erst mitbekommen, wenn uns der Infektor schon im Körper steckt.« Wobei sie dann bereits tot wären. Also würden sie es wohl überhaupt nicht wahrnehmen, sondern einfach von einer Sekunde auf die andere sterben. Cooper war sich wie so oft nicht sicher, was die barmherzigere Variante darstellte.

Tico blickte ihn prüfend an. »Du hast ja recht, aber solche Gefahren gibt es zugegebenermaßen überall. Die Höhle macht dir nur so eine Angst, weil du dort mit einem Angriff rechnest. In Wahrheit könnten wir schon die ganze Zeit von Locos verfolgt und jederzeit von hinten niedergestreckt werden.« Denn nicht alle gaben solch ein Geschrei von sich, manche waren richtig hinterhältig und überraschten einen mit ihrem Auftauchen.

»Na, herzlichen Dank, jetzt fühle ich mich gleich viel besser«, gab Cooper zurück und atmete tief durch. »Ich kann es dir ohnehin nicht ausreden, hm? Bevor ich dich allein gehen lasse, komme ich lieber mit.«

Tico grinste und nahm wieder seine Hand. Cooper hingegen fragte sich erneut, wie sein Freund die Erlebnisse im Tunnel so freimütig vergessen und überspielen konnte, besonders wenn er an das Gespräch danach dachte.

Die ersten Meter der Höhle waren durch das Tageslicht noch halbwegs gut ausgeleuchtet, doch dann erreichten sie eine Biegung und tauchten in die Dunkelheit ein. Cooper hielt in der freien Hand die Taschenlampe und versuchte, jeden Winkel zu treffen, damit ihnen bloß nichts entging. Wenigstens gab es hier nicht so viele Nebengänge, Nischen und Türen wie im Tunnel. Tico hatte noch die Karte in der Hand, auf die Cooper ebenfalls hin und wieder leuchtete. So tasteten sie sich vor, bis sie schließlich zur Hauptattraktion kamen; der riesigen

Kaverne mit dem unterirdischen See und dem Restaurant. In diesem würde sich auch der Shop befinden. Und mit etwas Glück eine Menge Vorräte.

Doch als sie eintraten, tat Cooper zum ersten Mal etwas, das er sich bisher nie getraut hatte und über das er nicht eine Sekunde nachdachte. Er löste die Hand von Ticos und legte seinen Arm um dessen Hüfte. So zog er ihn ein bisschen näher zu sich, während er einen faszinierten Laut ausstieß.

Denn diese Höhle war einfach der Wahnsinn und sah noch viel mystischer und geheimnisvoller aus als auf den Bildern im Prospekt. Eine Brücke führte über den See, links und rechts drehten sich Stalaktiten und Stalagmiten aus dem Fels. Sie hatten jede denkbare Größe und manche wirkten wie Stützbalken, welche die Höhle am Einsturz hinderten.

Eine Formation hatte wirklich eine beeindruckende Ähnlichkeit mit einem Drachen, was Cooper auffiel, je länger er sie anstarrte.

Im Wasser spiegelte sich außerdem das Spektakel, das sich an der Höhlendecke abspielte. Tausende kleine blaue Leuchtpunkte erstreckten sich dort und ließen einen glauben, unter freiem Himmel zu stehen und auf ein Sternenmeer zu schauen. Von der Biolumineszenz einiger Lebewesen hatte Cooper schon einmal gelesen und glaubte eher, es damit zu tun zu haben. Was eine nicht weniger fantastische Erscheinung hervorrief. Es fiel ihm sehr schwer, den Blick davon abzuwenden.

Am Ende der Brücke war eine große Terrasse gebaut, auf der die Tische und Stühle des Restaurants verteilt standen, außerdem ein kleiner Bungalow, in dem Küche und Shop zu finden waren. Er passte nicht so recht in das Ambiente und störte die Magie des Ortes, was sehr schade war.

Tico regte sich neben ihm, was Cooper ins Hier und Jetzt zurückbrachte – ihn realisieren ließ, wie er eben gehandelt hatte. Ein Teil von ihm neigte dazu, den Arm sofort wieder wegziehen, doch sein Freund machte keine Anstalten, die Nähe zu unterbinden. Stattdessen hatte er seinen Kopf an Coopers Schulter gelehnt und sah zu dem blaugetupften Wunder hinauf.

Sie zuckten jäh zusammen, als ein Geräusch aus Richtung Restaurant ertönte. Sofort schaltete Cooper die Taschenlampe aus, die man hier wegen der Biolumineszenz ohnehin kaum benötigte. Er ärgerte sich maßlos, dass er sich dermaßen von diesem Ort hatte einnehmen lassen, ohne vorher sicherzugehen, dass kein Loco oder anderer Feind hier lauerte. Nun waren sie womöglich schon bemerkt worden.

Cooper zog Tico mit sich zu Boden, damit sie nicht mehr sofort zu erblicken waren, und spähte weiter in Richtung Bungalow. Dort öffnete sich die Tür, und eine junge Frau trat heraus. Sie war in dem Dämmerlicht aus der Ferne kaum zu erkennen, aber sie formte mit den Händen einen Trichter vor ihrem Mund und rief: »Hey, Jungs! Keine Angst. Ihr könnt ruhig herkommen!«

»Shit!«, wisperte Tico.

Cooper ballte die Hände zu Fäusten. War Vertrauen sinnvoll? Was, wenn in dem Häuschen noch mehr Leute waren? Zumindest vor den Locos schien es sicher zu sein, da sie sich traute, in einer Höhle zu rufen, in der jedes Wort von den Wänden widerhallte. Dennoch hielt Cooper kurz die Luft an und lauschte, nachdem es still geworden war, ob aus Richtung des Eingangs irgendwelche verräterischen Geräusche drangen. Sie schienen jedoch Glück zu haben. Fürs Erste.

Tico stand auf, und Cooper versuchte fluchend, ihn wieder zu sich zu ziehen. Doch er deutete nur ein Kopfschütteln an und lief ein paar Schritte über die Brücke. »Wie heißt du?«

Die Frau winkte begeistert. »Elvy«, gab sie zurück. »Könnt ihr herkommen, damit wir nicht so viel schreien müssen?«

Ja, das ergab schon Sinn, aber Cooper verharrte trotzdem noch kauernd an der Brücke. Tico hatte diese fast überquert. Also trat sich Cooper gedanklich in den Hintern und fasste genug Mut, um ihm zu folgen. Ihn alleinzulassen, war keine Option.

Je näher er der Gestalt kam, desto mehr erkannte er im bläulichen Licht der Höhle. Die Unbekannte hatte helles Haar, das ihr bis zu den Schultern reichte und ausgefranst wirkte. Als hätte sie es sich in den verrücktesten Abstufungen geschnitten. Um ihre Oberschenkel wallte ein ockerfarbener Rock, darunter kam eine löchrige Strumpfhose zum Vorschein, die auf Höhe der Waden in dunklen Boots verschwand. Außerdem trug die Fremde ein weißes Shirt, auf dem vorn ein Smiley prangte, der die Zunge herausstreckte, und darüber eine Lederjacke. Um ihr rechtes Handgelenk war ein unordentlicher Verband angelegt, der dringend einen Wechsel erforderte. Der Gesichtsausdruck der Frau war freundlich und offen, sie grinste ihnen entgegen. Doch als sie Tico am Arm nahm und in den Bungalow zog, rannte Cooper aus Panik das letzte Stück. Beinah schlitternd durchquerte er die Tür und wollte schon zu seiner Waffe greifen, um die Geiselnahme sofort zu unterbinden.

»Lass ihn los!«, giftete er, bemerkte dann aber eine Hand auf seiner Schulter. Es war Tico, der neben ihn getreten war, um die Tür zu schließen, und Cooper dabei mit hochgezogenen Augenbrauen ansah. *Alles in Ordnung,* schien sein Blick zu sagen.

Jetzt erst nahm sich Cooper die Zeit und sah sich verstohlen um. An den Decken hingen einige Lichterketten, die wohl per Solarenergie betrieben wurden und demnach regelmäßiger Aufladung bedurften. Sie warfen bunte Regenbögen an die Wände und gaben das Innere des Bungalows preis. Wie erwartet existierte hier eine kleine Küche, außerdem ein Abstellraum mit Regalen, die voller haltbarer Vorräte wie Konservendosen waren. Eine weitere noch verschlossene Tür führte wahrscheinlich zum Shop. Auf dem Herd standen leere Töpfe, und an der Wand hingen Schürzen, die starr vor Dreck und Staub waren. Außerdem erblickte Cooper in einer Ecke einige Kästen mit Getränken. Tico hatte absolut recht gehabt – dieser Ort war unberührt und voller Ressourcen. Es blieb nur unklar, wie sich die Besitzverhältnisse gestalteten. Denn Elvy war vor ihnen da gewesen. Sie wirkte jedoch nicht, als würde sie darum kämpfen wollen, immerhin hatte sie die beiden hierher eingeladen und sah immer noch lächelnd und abwartend zu ihnen. Vielleicht war es möglich, einen Deal abzuschließen.

Cooper deutete zu den Lichterketten. »Du kommst wohl öfters hierher.« Wer sonst versorgte sie mit neuer Energie und hing sie dann wieder auf? Elvy schien sich auf die Sicherheit dieses Ortes sehr zu verlassen, das wurde auch durch ihr Auftreten klar. Oder sie war einfach absolut verrückt, so ein leichtes Ziel für die Locos abgeben zu wollen.

Sie nickte begeistert. »Das hier ist meine kleine, persönliche Safezone. Wenn es mir zu Hause zu unruhig wird und ich eine Pause brauche, komme ich her. Die Monster verirren sich selten hierher und meistens verschwinden sie schnell wieder. Ich habe es einmal geschafft, einem den Infektor abzutrennen, der es sich hier gemütlich machen wollte.«

Cooper pustete leise Luft durch seinen Mund und kratzte sich am Hinterkopf. Diese Frau zeigte eindeutige Anzeichen von Wahnsinn, wenn man ihn fragte. »Ganz schön ... mutig.« Er klang nicht besonders überzeugt. Eigentlich fand er es nämlich eher dumm, so ein Risiko für eine hübsche Höhle einzugehen. Zumindest, wenn man offenkundig ein anderes Zuhause hatte.

Tico inspizierte einige Konservendosen in den Regalen. Mit einer in der Hand drehte er sich wieder zu ihnen um. »Und du bittest uns beide so bereitwillig hinein? Warum?«

»Na ja ... ihr standet doch praktisch schon vor der Tür. Ihr wärt sowieso reingekommen. Da konnte ich euch auch gleich vermitteln, dass wir keine Feinde sind.«

»Du kennst uns doch gar nicht«, meinte Cooper skeptisch.

»Das lässt sich ändern. Ihr könntet euch beispielsweise mal vorstellen.« Elvys Augen blitzten herausfordernd. So ganz zu ergründen, welche Farbe sie hatten, war Cooper nicht möglich, da sich die bunten Lichterketten darin spiegelten und die Farbgebung verfälschten.

Tico nannte seinen Namen, bevor er auf ihn zeigte. »Und das ist mein ganz persönlicher Grübelkopf Cooper. Er macht sich Sorgen für uns alle drei.«

Cooper schnaubte und lehnte sich an die Wand.

»Na also, war doch gar nicht so schwer. Wie ich heiße, wisst ihr ja schon. Und ich bin bereit, meine Vorräte mit euch zu teilen. Gegen Informationen.« Elvy schmunzelte.

»Du willst uns also aushorchen?«, meinte Tico und hob die Schultern. »Wir haben nicht besonders viel zu erzählen.«

Cooper war sich da nicht so sicher. Je nachdem, wo Elvy herkam, wusste sie vielleicht noch nichts über die neue Kletterfähigkeit der Locos.

»Kommt ihr aus einer Kolonie?«, wollte sie zuerst wissen, ohne auf Ticos Vorwurf einzugehen.

Beide schwiegen für einen Moment und sahen sich an. Der Schmerz, den der Verlust ihrer Siedlung immer noch hervorrief, stand Tico deutlich in den Augen, und Cooper wettete, dass das auch für ihn galt. »Sie ist gefallen. Wir sind seit einiger Zeit allein unterwegs.«

Sofort wich die Herausforderung in Elvys Gesicht Anteilnahme und Trauer. »Oh, das tut mir echt leid. Alte Wunden aufzureißen, war nicht meine Absicht.«

Tico zuckte mit den Schultern. »Schon in Ordnung. So was passiert. Wir können dir aber deswegen keinen Platz vermitteln, falls du darauf aus warst.«

Elvy winkte ab. »Und jetzt seid ihr zu zweit unterwegs? Habt ihr einen Ort, an dem ihr sicher seid und schlafen könnt? Es gibt ein paar Hochsitze in der Gegend. Den Weg dorthin könnte ich euch beschreiben.«

»Die Locos können ...«, begann Tico.

»Die ... Locos?«, unterbrach Elvy ihn und sah verwirrt drein. Nach ein paar Sekunden trat Verständnis in ihre Augen. »Ihr meint die Monster? Ihr habt ihnen einen Namen gegeben? Bei uns ...« Sie biss sich auf die Unterlippe.

»Du hast eine Gruppe«, stellte Cooper fest. Da er sich ganz sicher war, hier allein mit Tico und Elvy zu sein, fühlte er sich noch nicht bedroht.

Sie nickte zögerlich. »Eine Siedlung. Ich halte es nicht lang hinter den Mauern aus, deswegen komme ich immer wieder hierher.«

Es war Tico, der jetzt näher zu ihr trat. »Dann haben wir eine Information, die wirklich von Bedeutung ist.« Mit knappen Worten erläuterte er, was sich in ihrer Heimat abgespielt und inwiefern sich die Bedrohung durch die Locos geändert hatte. Cooper hörte dabei nur zu und beobachtete Elvys Körpersprache. Ihre Gesichtszüge entgleisten immer mehr, und ihre Lockerheit verschwand. Mit der Zeit rieb sie sich über die Arme, als würde sie frösteln. Eigentlich war es auch ziemlich kalt in dieser Höhle, selbst bei geschlossener Tür in diesem Bungalow. Cooper hatte das bisher ausgeblendet, aber bei ihm breitete sich ebenso eine hartnäckige Gänsehaut aus. Vielleicht lag es daran, Tico so sachlich von den Geschehnissen reden zu hören, während er genau wusste, wie schwer die Verluste für sie beide noch wogen.

»Ich muss sofort zurück und es den anderen sagen. Darauf sind wir nicht vorbereitet. Und ihr meint, die Hochsitze sind auch nicht mehr sicher?« Elvy hatte die Augen aufgerissen und sah panisch zwischen den beiden Freunden hin und her.

»Wieso sollten sie? Sobald sie wissen, dass sich dort Beute versteckt, werden sie alles daran setzen, sie zu dezimieren und umzuwandeln. Wie sie es immer tun.« Cooper zog die Augenbrauen zusammen, weil auch ihn dieser Gedanke wieder ängstlich stimmte.

»Okay. Ich gehe. Steckt ein, was ihr wollt. Ich kann nie alles mit auf einmal mit zur Kolonie schaffen, aber wir sind auch so ganz gut aufgestellt. Wenn ihr allein lebt, dann braucht ihr das mehr als wir.« Elvy war zur Tür geschritten, während sie sprach, und drehte sich mit einem unschlüssigen Gesichtsausdruck noch einmal zu ihnen um. »Wenn ihr wollt, können wir uns hier wieder treffen und weiterreden. In einer Woche.« Sie winkte, dann verschwand sie.

Tico bedachte Cooper mit einem vielsagenden Blick und bewegte sich zum Regal, um ein paar Dosen und Vorräte in den Rucksack zu packen. »Das lief doch ganz gut.«

»Noch wissen wir nicht, ob sie draußen mit ihren Freunden auf uns wartet«, erwiderte Cooper und warf einen Blick in die Töpfe. Vielleicht hatte ja jemand etwas darin versteckt. Leider Fehlanzeige.

»Du musst dringend deinen Glauben an die Menschheit wiedererlangen. Kolonisten sind schon in Ordnung und darauf getrimmt, im Team zu arbeiten und niemanden im Stich zu lassen.«

»Wenn sie die Wahrheit gesagt hat.«

Mit einem Seufzen schulterte Tico seinen Rucksack und deutete auf die geschlossene Tür. »Ich brauche Stifte. Im Shop finden wir bestimmt welche.«

Cooper nickte nur und öffnete sie langsam und vorsichtig. Tico postierte sich derweil, um einen Blick hindurchzuwerfen und somit sicherzustellen, dass kein Feind im anderen Raum auf sie wartete. Wäre ein Loco dort drinnen, hätte der ihr Gespräch mit Sicherheit gehört und wäre längst durchgedreht, um zu ihnen zu gelangen. Aber vielleicht hatte sich ein Mensch in dem Raum verschanzt. Besser, man war einmal zu oft vorsichtig – das konnte einem das Leben retten.

Auf der anderen Seite wartete jedoch niemand auf sie, und den beiden Freunden war es möglich, den Shop zu betreten. Cooper knipste seine

Taschenlampe an, damit die Waren besser zu begutachten waren. Das Strahlen der Lichterketten reichte nicht so weit in den Raum hinein, und er leuchtete auch die Ecken aus, um wirklich alle Gefahren eines Hinterhalts auszuschließen.

»Da sind deine Stifte«, meinte er schließlich und grinste, als Tico darauf zustürzte und eine Handvoll in seinen Rucksack steckte.

»Mein Tag ist gerettet!«

»Ich würde sagen, er war sowieso nicht so schlecht. Du hast immerhin eine Yacht gefunden.«

»Stimmt«, meinte Tico und setzte ein verschmitztes Lächeln auf.

Cooper wandte die Taschenlampe rasch ab, weil seine Knie bei dem Anblick zu Pudding mutierten. »Meinst du, hier gibt es noch etwas Brauchbares?«

An den Wänden waren einige Regale eingelassen, in denen der typische Souvenir-Krempel stand. Ein paar Gesteinsproben aus der Höhle, Figuren, Malbücher, Schmuck und Postkarten-Bundles. Es gab auch ein Fotobuch, das Cooper einsteckte, und eine Informationsbroschüre über Biolumineszenz. In der Mitte des Shops war ein riesiger Bottich mit Schokotalern, die in goldenes Papier eingewickelt waren. Sie symbolisierten wohl den Schatz, von dem der Prospekt erzählte. Diesen ließ Cooper jedoch in Ruhe, denn die Schokolade war nach all den Jahren sicher nicht mehr genießbar.

Auch die Shirts mit Drachenaufdruck, die ihm oder Tico passen könnten, quetschte Cooper noch in seinen Rucksack, und dann ging ihm so langsam der Platz flöten. »Wegen mir können wir abhauen.«

Tico trat zu ihm und nickte. »Falls wir in einer Woche wiederkommen, um uns mit Elvy zu treffen, können wir mehr mitnehmen.«

Cooper hatte sich noch nicht entschieden, ob er diesem Plan zustimmen würde, doch darüber konnten sie reden, sobald sie wieder sicher auf ihrem Hausboot angekommen waren. Auf dem Weg hinaus klemmte sich Tico noch zwei Flaschen Bier unter den Arm, was Cooper sacht lächeln ließ. Ja, eigentlich war es ein schöner Gedanke, unter dem Sternenhimmel auf dem Meer anzustoßen. Auf den Neustart und darauf, dass sie zusammenbleiben würden. Ganz egal, wohin das Schicksal sie noch trieb.

Signs of love

Der Rückweg verlief ohne Zwischenfälle. Vor der Höhle warteten weder Locos noch von Elvy angeheuerte Schläger auf sie. Je näher sie dem Strand kamen, desto müder wurde Cooper. Die Sonne hatte schon fast den Horizont verlassen, als sie endlich in das Boot kletterten und zurück zur Yacht schipperten. Hier musste er sich bereits ordentlich ins Zeug legen, um über die Reling zu klettern, und blieb drüben einfach auf dem Boden liegen. »Wir müssen bei unseren zukünftigen Touren daran denken, wie anstrengend das Rudern ist. Das hätte ich beinah nicht mehr geschafft.«

Aus dem Augenwinkel sah er, wie Tico noch bis zu der Sitzecke taumelte und sich dort niederließ. Ein zustimmendes Keuchen war die Antwort. So verharrten sie beide einige Momente lang, bis ihr Schnaufen leiser wurde und sich zumindest bei Cooper eine angenehme Müdigkeit breitmachte. Doch er wollte nicht schlafen. Vor allem nicht ganz allein auf dem Boden. Deswegen raffte er sich noch einmal auf und schleppte sich zu seinem Freund auf die Bank. »Hoffentlich wird mir bei dem Schunkeln nicht schlecht.«

Tico klopfte ihm sacht auf den Oberschenkel. »Bisher hattest du doch auch keine Probleme.«

»Vielleicht beim Schlafen.« Eben im Liegen hatte er es deutlich gemerkt.

»Meinst du, wir schaffen es noch runter ins Bett?«

Cooper drehte den Kopf und sah seinen Freund an. »Hast du nicht Bier zum Anstoßen mitgenommen?«

Jetzt blickte auch Tico zu ihm. Er hatte die Hand noch nicht von Coopers Oberschenkel genommen, sondern ließ sie locker dort liegen. »Du hast deine Augen immer auf mir, hm? Nichts bleibt dir verborgen.«

Ertappt wandte sich Cooper ab und sah zum Horizont, wo nur noch ein zarter Hauch an Abendröte zu erblicken war.

»Das war kein Vorwurf«, meinte Tico und bewegte seine Finger kurz so, als würde er Cooper streicheln wollen, hielt aber viel zu schnell wieder inne. »Wir können das Bier auch morgen trinken. Lass uns ins Bett gehen und erst mal ausruhen, ohne Angst vor Locos haben zu müssen. Das haben wir nach allem, was passiert ist, verdient.«

Sofern sie jetzt nicht auch noch über Wasser laufen konnten und sie auf der Yacht witterten. Cooper war es wohl unmöglich, jemals vollkommen zu entspannen. Aber er wollte es zumindest versuchen und sprach seine Gedanken nicht laut aus. Vor allem, um Tico nicht zu verunsichern. Wenigstens er sollte eine ruhige Nacht haben.

Mit einem müden Brummen stand Cooper auf und hielt Tico die Hand hin, um ihn ebenfalls hochzuziehen. Beide griffen ihre Rucksäcke, um sie mit unter Deck zu nehmen, und taumelten hintereinander die Treppe hinunter. Cooper schloss den Aufgang und zog alle Gardinen an den Fenstern zu. Sie sparten sich zwar gerade, jegliche Lichter anzumachen, aber ihre Bewegungen sollten auch nicht zu erkennen sein. Man wusste ja nie. Vielleicht stand genau jetzt jemand am Strand und erkundete die Umgebung mit einem Fernglas. Eine gruselige Vorstellung – die Cooper gleich wieder verdrängte.

Tico hatte sich bis auf die Unterhose ausgezogen und war bereits auf das Bett gekrabbelt, wo er mit der Decke hantierte. Für einen Moment sah Cooper verstohlen zu ihm und wusste nicht, ob er Schmetterlinge im Bauch hatte oder ob es eine irrationale Angst war, die ihm im Magen saß. Auf eine gewisse Weise hatte er sich schon darauf gefreut, mit Tico nebeneinander in einem richtigen Bett zu schlafen. Allerdings hatte er nicht bedacht, dass sie dabei womöglich keine Kleidung tragen würden – obwohl sich das noch anregender anfühlte. Wären sie zusammen. Waren sie aber nicht, und auch wenn es Signale aus Ticos Richtung gab, war sich Cooper nicht sicher, ob er sie wirklich richtig interpretierte. Zudem war er viel zu schüchtern und zu feige, den ersten Schritt zu machen. Kurz schweiften seine Gedanken zu der Höhle und wie sie dort eng umschlungen gestanden und sich umgesehen hatten. Aber bedeutete das wirklich, dass sich Tico mehr von ihm wünschte? Oder war es nur eine freundschaftliche Geste unter Brüdern im Geiste gewesen?

»Willst du ewig dortbleiben und im Stehen schlafen?«, riss Tico ihn aus seinen Gedanken. Er hatte sich nun bis zur Taille zugedeckt und aufgesetzt. Sein Oberkörper zeichnete sich als Silhouette in der Dunkelheit ab, genau wie seine Dreads, die ihm vom Kopf abstanden. Cooper war beinah froh, seinen Gesichtsausdruck kaum erkennen zu können. Besser, er dachte nicht weiter über alles nach. Kurzerhand zog er sich ebenfalls bis auf die Shorts aus und rutschte auf Knien auf die Matratze. Umständlich und angespannt legte er sich auf den Rücken und zog seinen Teil der Decke über sich. So blieb er liegen und starrte empor durch das Fenster, das den Sternenhimmel zeigte. Was die Situation nicht besser machte.

Neben ihm bewegte sich Tico. Aus dem Augenwinkel konnte Cooper erkennen, dass er sich auf die Seite gedreht hatte und ihm nun zugewandt war.

»Was ist los, Coop?«

»Nichts. Lass uns schlafen.« Um seine Worte zu unterstreichen, schloss er die Augen. Unbewusst krallte er sich mit der Hand ins Laken, als würde er sich von irgendetwas abhalten wollen. Vielleicht davon, sich herüberzurollen und Ticos Lippen mit einem hungrigen Kuss zu versiegeln. Oder davon, ihn anzufassen und seinen Leib mit vollem Körpereinsatz zu erkunden. Mit Sicherheit aber auch davon, ihm zu gestehen, was er fühlte.

Als er hörte, wie sich Tico wieder wegdrehte und seine Körperwärme von seiner Seite verschwand, hasste er sich für seine Angst. Doch er konnte auch nichts dagegen tun. So fiel Cooper in einen festen Schlummer.

Am nächsten Morgen wurde er durch verschiedene Dinge geweckt. Zum einen schickte die Sonne ihre Strahlen genau durch das Deckenfenster, was echt nervte. Zum anderen lag ein äußerst appetitlicher Duft in der Luft, der seine miese Laune sofort erhellte. Zwar waren Ravioli nicht das, was er sich unter einem Frühstück vorstellte, sehr wohl aber etwas, das er ewig nicht mehr gegessen hatte. Genauer gesagt zuletzt mit Tico, als die Welt noch in Ordnung gewesen war. Schnuppernd öffnete Cooper ein Augenlid, war jedoch zu müde, um sich umzusehen. Ticos Bettseite war leer, aber wer sonst sollte jetzt auch am Herd stehen und kochen? Oder vielmehr an der Mikrowelle, denn sogleich ertönte ein leises Ping. Geschirr klapperte, ein Geräusch, das sich mit Ticos fröhlichem Pfeifen vermischte. Gut ... er war also nicht schlecht gelaunt oder gar böse? Cooper hatte es irgendwie befürchtet wegen dem, was vor dem Einschlafen passiert war. Oder vielmehr nicht passiert war. Wieso er so dachte, war ihm nicht ganz klar. Er war wohl eher sauer auf sich selbst und erwartete automatisch, dass Tico es auch war. Doch bisher waren sie sich nicht gegenübergetreten. Vielleicht kam das peinlich berührte Schweigen noch.

Cooper richtete sich auf und robbte zum Bettrand. Er kramte in seinem Rucksack nach einem der Drachenshirts und zog es über. In seine alten Klamotten wollte er nicht mehr steigen, bis er sie gewaschen hatte. Für solche Dinge hatten sie jetzt Zeit, ebenso dafür, die Yacht weiter auf Vordermann zu bringen. Erst in ein paar Tagen müssten sie wieder auf Tour gehen. Und sich gegebenenfalls mit Elvy treffen.

Cooper nahm ein zweites Shirt aus dem Rucksack, denn er hatte bereits bemerkt, dass Tico nur in Shorts durch die Küche wuselte. Nicht, dass er sich an dem Anblick störte, aber er sollte eben auch nicht frieren. Sein Freund hatte nämlich die Klappe zum Deck geöffnet, damit frische Luft hereinkam.

»Morgen!«

Tico zuckte leicht zusammen und wandte sich zu ihm um. Die Dreads hatte er sich zu einem Zopf gedreht, und erst jetzt bemerkte Cooper, dass seine Haut von ein paar Wassertropfen benetzt war und seine Unterhose enger anlag, als sie sollte. Weil sie nass war.

Schnell wandte er den Blick wieder ab. »Du warst schwimmen?« Warum machte ihn das so traurig?

»Hey! Ja, wir haben nicht genug Wasser für Dusche und WC ... also bin ich kurzerhand im Meer baden gegangen.«

»Mach' ich auch gleich.« Cooper wollte nicht als Einziger schmutzig und stinkend hier sitzen. Aber da Tico gerade schon das Essen auf Tellern verteilte, würde er erst mit ihm frühstücken. »Hier, probiere das mal an.« Er hielt ihm das Shirt entgegen und setzte sich anschließend an den Tisch.

Tico streifte den Stoff über. Hier und da verfärbte es sich dunkel, weil seine Haut noch feucht vom Wasser war. »Passt.« Damit stellte er die Teller ab und setzte sich auf den Stuhl ihm gegenüber.

Die Stimmung war seltsam, aber wieder glaubte Cooper, dass es von ihm ausging, weswegen er sich zu einem Lächeln zwang. »Ravioli? Wie in alten Zeiten, hm?«

Tico schmunzelte. »Deswegen hab' ich die Dose zuerst geöffnet.«

Schweigend löffelten sie vor sich hin. Diese komische Atmosphäre konnte Cooper kaum ertragen. Was war denn nur los? »Hast du gut geschlafen?«

Tico nickte, doch in seinen Augen spiegelte sich die Zustimmung nicht wider. »Und du?«

Coopers Antwort war ein halbwegs bejahendes Brummen. »Hast du denn schon deine Stifte eingeweiht?« Vielleicht brach dieses Thema ja das Eis?

Endlich kehrten das altbekannte Strahlen und der Schalk auf Ticos Gesichtszüge zurück. Den nächsten Löffel steckte er so hastig in den Mund, dass etwas von der Tomatensoße auf sein Shirt tropfte. Nachlässig wischte er sie mit der Hand weg und erhob sich eilig. Von der Anrichte nahm er die Karte und ein paar Stifte und pflanzte sich damit neben Cooper auf die Bank. Dicht an dicht saßen sie jetzt hier, und von der vorherigen Vorsicht war rein gar nichts mehr zu spüren. Zumindest Tico schien sie über Bord geworfen zu haben – wortwörtlich womöglich, da sie auf einer Yacht hockten.

Cooper unterdrückte den Impuls, den Arm um seinen Freund zu legen und ihn noch dichter an sich zu drücken. Es brauchte wohl wirklich eine wunderschöne Höhle, damit er seinem Herzen folgte.

Tico klappte die Karte auf, und sofort musste Cooper anfangen zu lachen. »Wie sollen wir denn jetzt noch die Wege und Markierungen erkennen?«

Sein Freund sah ihn strafend an. »Lass das mal meine Sorge sein. Schau, hier ist unser Schiff. Ich hab' der Süßen schon einen Namen gegeben.«

Cooper kniff die Augen zusammen und beugte sich vor, um das Gekrakel zu entziffern.

»Santuario?«

Tico schnaubte. »Ich muss dir die spanische Aussprache echt mal besser beibringen.« Er wiederholte das Wort, und Cooper hörte ganz genau zu. Außerdem sprach er es nach, bis sein Freund zufrieden wirkte. »Und was heißt das?«

»Zuflucht.«

Die Bedeutung mochte Cooper sehr und lächelte. »Du hast sogar ein Herz über die Markierung gemalt.«

Schweigend nickte Tico, und irgendetwas in seinem Blick veränderte sich dabei. Cooper konnte nicht genau sagen, was es war.

»Und was hast du noch eingezeichnet?«, fragte er, um sich davon abzulenken.

»Unsere alte Siedlung und das Kampfsportzentrum. Die Höhle war ja schon markiert, aber da habe ich ein Ausrufezeichen hingemacht, wegen Elvy und der Vorräte. Dort, wo wir Horden gesehen haben, hab' ich Totenköpfe und Fragezeichen gemalt.« Tico wies auf die verschiedenen Stellen auf der Karte, während Cooper verstehend nickte.

»Wenn wir uns mit Elvy treffen, kann sie uns den Weg zu den Hochsitzen erklären, die kringelst du dann auch noch ein. Und den Rest müssen wir wohl oder übel selbst erkunden. Ich glaube nicht, dass sie uns verraten wird, wo ihre Siedlung ist.«

Tico hob die Schultern. »Vielleicht ja schon. Aber selbst wenn, wir wollen dort ohnehin keinen Platz, oder? Mir gefällt es hier … ich fühle mich halbwegs sicher auf der Yacht. In einer Kolonie würde ich das eine ganze Weile nicht mehr können.«

Cooper griff nach seiner Hand und drückte sie sacht. Nun, da ihr Gespräch endlich in Gang gekommen war, fiel es ihm leichter, wieder Nähe zu suchen und sich nicht wie ein Volltrottel zu benehmen. »Wir bleiben hier und bauen uns dieses Zuhause auf. Hauptsache, wir sind zusammen, richtig?«

Tico wandte den Kopf, um ihn anzusehen, und das erste Mal seit gestern trafen sich ihre Blicke wieder direkt. Sofort war Cooper von seinen Seelenspiegeln vollkommen eingenommen und hatte das Gefühl, sein ganzer Körper wäre in Aufruhr. Was ein äußerst positiver Zustand war, würde er ihm nur nicht so viel Angst machen.

»Richtig. Hauptsache, wir sind zusammen«, erwiderte Tico und lächelte.

Viel würde nicht fehlen, um den Abstand zu überbrücken und diese bezaubernden Lippen zu erreichen. Doch wieder hielt sich Cooper zurück, obwohl er den Eindruck hatte, dass sich Tico gerade etwas vorbeugte. Vielleicht bildete er sich das auch ein. Er bekam jedenfalls Panik und sprang so rasch auf, dass der Tisch fast umflog und ein paar Ravioli aus den Tellern hüpften. »Ich nehme jetzt ebenfalls ein Bad!« Mit diesen Worten sprintete Cooper die Treppe hinauf und pfefferte sein Shirt im Vorbeigehen auf die Sitzecke. So ein verdammter Mist!

Unter anderen Umständen hätte er sicher noch einen Blick zum Strand geworfen, um sich zu vergewissern, dass er unbeobachtet war. Auch wenn sie das Boot so weit herausgefahren hatten, dass nicht viel zu erkennen sein würde und ganz sicher kein einzelner Mensch. Ein Fernglas wäre eigentlich nicht so verkehrt ... womöglich flog ja eines auf dem Schiff herum. Das würde Cooper nachher einmal überprüfen. Seltsam, mit was man sich so ablenkte, wenn man partout nicht über die eigene Gefühlswelt nachdenken wollte.

Für einen Moment wurde jeglicher Gedanke ausgelöscht, als Cooper kopfüber in das kühle Meerwasser sprang und sein Körper förmlich schockgefror. Es gelang ihm dennoch, ein wenig umherzupaddeln, bis dieses eisige Gefühl allmählich wich. Leider kehrten damit auch die Gedanken zurück. Cooper war schon so lang in seinen besten Freund verliebt. Manchmal war er kurz davor gewesen, es ihm zu sagen, hatte jedes Mal jedoch extreme Angst gehabt, ihre Freundschaft zu zerstören. Das hätte er viel weniger ertragen und das war immer noch so. Doch seit sie ihrer alten Siedlung entkommen waren, häuften sich die

Hinweise, dass Tico seine Gefühle erwiderte. Vielleicht entsprang es der gemeinsamen Trauer und dem Bedürfnis, sich gut und sicher zu fühlen. Cooper hatte sich immer gewünscht, solche Zeichen zu erhalten, doch jetzt fürchtete er sich davor, einen Schritt weiterzugehen und wirklich alles zu riskieren. Wieso nur? Das Leben war viel zu kurz, und das war in ihrer Welt nicht nur eine Floskel. Der Tod war nichts Abstraktes mehr, sondern Alltag. Cooper fürchtete sich trotzdem sehr vor dem Ende. Im Moment könnte er nicht mal sagen, voll und ganz gelebt zu haben. Es gab einiges, das er bereute – Dinge, die er getan oder auch nicht getan hatte. Besonders während des Ausbruchs, da hatte er viel zu oft weggesehen, um nicht selbst in Gefahr zu geraten.

Der Wunsch, sich einer Siedlung anzuschließen, war von Tico ausgegangen. Er hatte sich Sicherheit gewünscht, während Cooper eher seinen Fluchtinstinkt hatte bekämpfen müssen. Doch er hatte sich dazu durchgerungen, sich mit der Angst arrangiert und versucht, im Verbund zu leben und innerhalb der Gemeinschaft für Sicherheit zu sorgen. Noch mal würde er es nicht ertragen, so viele Menschen auf einmal zu verlieren und Zeuge davon zu werden, wie alle von ihnen zu Monstern mutierten. Deswegen war er froh, dass Tico mit ihm hier allein leben wollte. Doch es bedeutete offenkundig auch, dass sich Cooper seinen Gefühlen stellen musste.

Wovor hatte er Angst? Sein Freund machte es ihm gerade eigentlich ziemlich leicht. Trotzdem blieb eine Restfurcht. Davor, dass sich Cooper das nur einbildete und alles in den Sand setzen würde, sollte er sich zu einem Kuss verleiten lassen.

Noch einmal tauchte er unter, um dieses Gedankenchaos aus dem Kopf zu tilgen. Es machte ihn furchtbar unruhig und wahnsinnig. Ein Teil von ihm wollte nun einfach ins Boot zurückstürmen, Tico packen und ihn so heftig küssen, dass beiden der Atem stockte und die Knie weich wurden. Und ein für alle Mal klar wurde, was sie voneinander wollten. Warum eigentlich nicht?

Entschlossen tauchte Cooper auf und schwamm zurück zu den Stiegen, die hinauf zum Deck führten. Doch bevor er einen Fuß darauf setzen konnte, ertönte in der Ferne ein grausiger Chor an unmenschlichen Schreien. Coopers Blut gefror in seinen Adern, aber er wehrte sich gegen die Schockstarre und hastete die Leiter hinauf. Oben warf er sich über die Reling und robbte dicht an sie heran. Er blieb dabei geduckt, damit er nur leicht drüber linsen und in Richtung Strand blicken konnte. Einzelne Individuen waren dort kaum auszumachen, aber die Horde, die gerade über den Sand fegte, war deutlich zu erkennen. Das Gezeter schwoll an, doch wenigstens blieben die Kreaturen nicht stehen. Nur einzelne Punkte trennten sich von dem Strom, aber nie dauerhaft, dann kehrten sie zurück. Es dauerte eine ganze Weile, bis die Silhouetten in der Ferne verschwanden, doch die Rufe waren noch länger zu hören. Erst, als Ruhe einkehrte, wagte Cooper es, sich wieder zu bewegen. Sein Atem ging hastig, und sein Herz polterte so sehr, dass er fürchtete, es würde ihm gleich aus der Brust springen. Er kroch zur Luke und stieg auf zitternden Knien die Treppen hinab. Im Wohnbereich angekommen, sah er sich sofort nach Tico um. Es dauerte einen Moment, doch dann sah er seine Dreads unter der Decke im Bett herauslugen. Der Vorhang an einem der Fenster war minimal zur Seite gezogen. Sicher hatte sein Freund das Spektakel ebenfalls beobachtet und dabei Panik geschoben, dass die Locos zur Yacht schwimmen würden.

Cooper kletterte vorsichtig auf die Matratze und legte sich neben das Deckengewühl und … umarmte es einfach. Irgendwo darin war Tico vergraben, und er würde ihn schon erwischen. Wobei sein Freund ihm gleich dabei half und sich an seine Brust flüchtete.

»Ich wollte nach dir sehen, aber …«, wisperte er.

Cooper strich ihm sanft über den Rücken. »Schon okay. Ich hab's noch aufs Deck geschafft und mich ebenfalls versteckt.«

»Meinst du, sie kommen wieder? Was, wenn sie jetzt ständig am Strand auf- und abpatrouillieren?«

Diesen Gedanken hatte Cooper bisher vermieden, doch er war bereits in ihm gekeimt. Das bemerkte er jetzt, weil auch sein Herz einen furchtsamen Satz machte, bevor es ungleich weiterschlug. »Vielleicht machen sie das für ein paar Tage und dann gehen sie fort. Du weißt doch, wie das bei ihnen ist … sie folgen oft irgendeinem Plan, den wir nicht erkennen. Aber sie bleiben nicht ewig auf einem Pfad. Meistens kehren sie in die

Städte zurück. Wir müssen nur bei unseren Touren vorsichtig sein. Sofern sich Ableger in die Wälder verirrt haben.« Wenn es darum ging, Tico zu beruhigen, bemühte sich Cooper stets, entsprechende Worte zu finden. Die seine eigenen Sorgen nicht dämpften, aber das war im Moment auch nicht nötig. Es ging ihm vor allem darum, seinen Freund zu besänftigen.

Tico wühlte sich nun aus den Decken hervor und schlug sie zur Seite. Wodurch nur er und Cooper übrig blieben, die sich festhielten und einander anblickten. »Ich hoffe, du hast recht. Und wenn sie herkommen ... werfen wir den Motor an und schippern ihnen davon.«

Cooper deutete ein Nicken an, war sich aber nicht wirklich sicher, ob das eine gute Idee war. Mit dem Rattern des Triebwerkes und der Bewegung würden sie mehr Aufmerksamkeit auf sich lenken. Aber das war wohl die bessere Wahl, als einfach auf den Tod zu warten.

»Mach dir keine Sorgen. Hier ist es sicher«, raunte Cooper und dachte an das, was er eben noch im Wasser beschlossen hatte. Jetzt wäre eine gute Gelegenheit, aufs Ganze zu gehen, oder nicht? Sie befanden sich bereits im Bett, waren aufgewühlt und sich emotional deswegen sehr nah. Ihre Herzen lagen offen, und wenn sie sich zueinander hingezogen fühlten, wäre es jetzt deutlich zu merken. Cooper spürte es ja bereits und legte seine Zuneigung explizit dar, in dem, was er tat. Wie er Tico hielt, ihn beruhigend streichelte und vor allem in seinem Blick, den er einfach nicht von seinem Freund nehmen konnte.

Wie von selbst wanderte seine Hand an Ticos Wange, strich mit dem Daumen sacht über sie. Es bräuchte nur eine kleine Bewegung des Kopfes, um die letzte Distanz zu überwinden und Ticos Lippen zu erreichen. In dessen Augen war keinerlei Ablehnung zu erkennen, was Cooper letztlich vollständig ermutigte. Der Kuss war zuerst zaghaft, aber bereits extrem aufregend und wunderschön. Mit klopfendem Herzen wartete er auf eine Reaktion ... entweder das gefürchtete Wegstoßen oder eine Erwiderung. Es waren nur wenige Sekunden, aber sie fühlten sich wie eine Ewigkeit an, in der er einfach nur wie ein Fragezeichen dalag und sich nicht weiter zu rühren traute.

Tico presste seine Lippen unmittelbar fester auf Coopers, und schon verloren sie sich in einem zärtlichen Kuss, der von Sehnsucht und Zuneigung erfüllt war. Die Hand ließ er dabei nicht länger auf seiner Wange, sondern wanderte mit ihr weiter über Ticos Körper. Bis er seine Taille erreichte und dort verharrte. Sollte er unter sein Shirt wandern und die warme Haut erkunden? Oder gar an seinen Hintern greifen und ihn daran dichter zu sich ziehen? Ginge das zu weit? Am liebsten würde Cooper seinen Verstand abschalten, aber er hatte immer noch Angst davor, zu schnell zu viel zu wollen.

Es war Tico, der ihm die Entscheidung abnahm und ihn sacht auf den Rücken drückte. Cooper ließ es geschehen und keuchte leise auf, als sein Hemd hochgezogen wurde. Sie mussten ihren Kuss unterbrechen, um sich des Stoffs zu entledigen, und der Blick, den sie sich dabei zuwarfen, hatte so gar nichts Unschuldiges mehr. Als sie das nächste Mal wieder zueinanderfanden, hatten sie nur noch Shorts an. Am restlichen Körper traf nun Haut auf Haut ... und Cooper konnte sich eines fordernden Brummens nicht erwehren. Es machte ihn halb wahnsinnig, Tico derart zu spüren und ihn nun ungehindert erkunden zu können. Dies mit den Händen zu tun, reichte ihm nicht, weswegen er sich aufsetzte und seine Lippen an seinem Hals platzierte und sie immer weiter hinunter wandern ließ. Tico legte dabei den Kopf in den Nacken und stöhnte genüsslich auf. Seine Hand steuerte derweil ein ganz bestimmtes Ziel an, und so saßen sie engumschlungen eine Weile da. Tico auf Coopers Schoß, die Finger in dessen Shorts. Und Cooper, der vor Wonne mit den Küssen und kleinen Liebesbissen nicht aufhören konnte. Wie oft hatte er sich das hier gewünscht und vorgestellt? Die Realität übertraf seine Träume um Längen.

Irgendwann reichte auch das nicht mehr. Cooper hielt seinen Freund fest und kam auf die Knie, um ihn rücklings auf dem Bett abzulegen. Sofort war er über ihm und raubte sich noch einen Kuss, bevor er sich an ihm hinab schob und die Shorts mit einer fließenden Bewegung von seinen Hüften streifte. Ein Wunder, wie viel Selbstvertrauen er nun besaß, und nicht lange fackelte, Tico hingebungsvoll zu verwöhnen. Seine lautstarke Reaktion darauf brachte Cooper zum Lächeln und fachte ihn an, sein Bestes zu geben. Denn es war schon eine ganze Weile her, dass er so etwas getan hatte. Letztlich ließ er sich von seinen Instinkten leiten und von Ticos Gegenbewegungen, welche ihn lehrten, was dieser am liebsten mochte.

»Warte«, keuchte sein Freund irgendwann und ließ seine Finger in Coopers Haar wandern. »Es soll ... noch nicht vorbei sein. Ich will mehr.«

Mehr ... Diese Forderung schickte einen Schauer über seinen Körper, und er setzte sich auf, um Tico anzusehen. »Das möchte ich auch.«

Sie mussten nicht weiter darüber reden oder die Rollenverteilung festlegen. Wieder machte Tico es ihm ganz einfach, indem er Cooper auf die Matratze drückte, ihm ebenfalls die Shorts auszog und sich über ihn begab. Dabei rieb er sich so fordernd an ihm, dass Cooper seine Hüften packte und sich vorsichtig, aber auch entschlossen in ihn drängte. Und dieses Gefühl ... das war kaum zu übertreffen. Er musste erst mal innehalten, sonst würde er sofort zum Ende kommen und das wollte er absolut nicht. Tico schien es ähnlich zu gehen, denn auch er rührte sich nicht, sondern hatte die Augen geschlossen und den Mund leicht geöffnet. Dieser Anblick, überhaupt den Mann seiner Träume so über sich zu sehen, war erneut fast mehr, als Cooper ertragen konnte. Und ihn letztlich doch dazu brachte, sich endlich in ihm zu bewegen. Sie fanden schnell in einen gemeinsamen Takt, der sie in Windeseile Richtung Gipfel trieb. Als sie über diesen hinausschossen, krallte sich Cooper in Ticos

Oberschenkel, bevor er ihn schwer atmend und keuchend zu sich hinabzog, ihn fest umarmte und am liebsten nie mehr loslassen wollte. Vielleicht musste er das ja auch nicht. Sie waren sich einig gewesen, zusammenzubleiben. Aber das, was sie eben geteilt hatten, ebnete den Weg zu einem ganz neuen Ufer.

Wie lange sie so aufeinanderlagen, konnte er unmöglich sagen. Irgendwann kletterte Tico von ihm herunter und begab sich neben ihn, woraufhin sich auch Cooper zur Seite drehte, damit sie sich ansehen konnten.

Eine Weile taten sie nur das, als würden sie sich auf eine ganz andere Weise betrachten. Was im Grunde auch so war. Sie waren nicht mehr nur Freunde, also konnte Cooper jetzt all die Zuneigung in seiner Aura zulassen, die er nun mal für diesen Mann spürte. Bei Tico hatte sich ebenfalls etwas verändert. Ob es schon immer da gewesen war und Cooper hatte es nur nicht gemerkt?

»Sind wir jetzt zusammen?«, fragte Tico mit einem verschmitzten Lächeln.

»Ja!«, gab Cooper trocken zurück, musste aber auch grinsen.

Sein Freund drehte sich kurz auf den Rücken und streckte die Arme triumphierend nach oben. »Na endlich!«

»Eigentlich müsste ich so daliegen. Immerhin hab' ich nie gedacht, dass wir mal zusammenkommen«, gestand Cooper.

»Mir ging es ebenso. Ich hatte Schiss, den ersten Schritt zu machen.«

»Ich auch. Und wenn wir uns mal nah waren, hab' ich nicht abgrenzen können, ob das noch Freundschaft ist oder nicht.« Cooper legte die Arme hinter den Kopf und starrte aus dem Fenster zu den Wolken empor.

Tico rollte sich derweil wieder zu ihm, sodass sich sein Gesicht und die wirren Dreads in Coopers Blickfeld schoben. »Wir sind echt zwei Idioten, oder?«

»Seit wann sind wir das denn?« So versuchte Cooper total unauffällig herauszufinden, welche Zeitspanne sein Freund bereits in ihn verliebt war.

»Lang genug?«, wich Tico nun genauso dezent aus.

»Ich hab' es schon kaum ertragen, dass du letztes Jahr diesen Kerl aus der Schneiderstube gedatet hast. Wie hieß er noch gleich?« Sein Herz ziepte bei dem Gedanken daran.

»Hendrik? Hm … na ja, ich dachte, du willst mich nicht.«

»Mann, wir sind echt Idioten.« Wie bitter war es, dass sie offenkundig schon ewig ineinander verschossen waren und es nicht hinbekommen hatten, das einander zu sagen?

Tico breitete die Decke über ihnen aus und kuschelte sich dicht an ihn. »Jetzt sind wir glückliche Idioten. Alles ist so, wie es sein soll.«

Another meeting

Die nächsten Tage schwebten sie förmlich im siebten Himmel. Ein wenig fühlte es sich so an, als würden sie gerade ihre Flitterwochen auf einer schicken Segelyacht verbringen und dabei das Bett kaum verlassen. Wozu auch?

Ihr Liebestaumel wurde zwei Mal von dem Geschrei der Horde am Strand unterbrochen, aber sie hatten weiterhin Glück und fielen nicht auf. Oft wünschte sich Cooper, sie müssten das Schiff einfach nie mehr verlassen. Das war jedoch keine Option, sie würden immer wieder Vorräte brauchen und sie durften auch nichts von ihrer Fitness und ihren Überlebenskünsten verlieren. Sie mussten sich regelmäßig in Gefahr begeben, sonst würden sie verlernen, in dieser Welt klarzukommen. Aber die Zeiten dazwischen würden sie voll und ganz genießen. Es war das erste Mal seit einer halben Ewigkeit, dass Cooper so etwas wie Zuversicht verspürte und dieses Gefühl tatsächlich länger als ein paar Stunden anhielt.

Doch irgendwann konnten sie es nicht mehr hinauszögern. Sie waren sich einig, ein erneutes Treffen mit Elvy zu wagen, und die sieben Tage waren nun um. Sie mussten versuchen, zu der Höhle zu gelangen, damit sie Ort und Zeit der Verabredung nicht verpassten.

Es war seltsam, nun wieder Kleidung zu tragen. Die Mühe, sich anzuziehen, hatten sie sich praktisch gar nicht mehr gemacht. Wenn einer von ihnen aufgestanden war, um etwas zu erledigen, war die Bettdecke als Überwurf das höchste der Gefühle gewesen.

»Wir haben es tatsächlich geschafft«, meinte Tico grinsend und sah an ihnen hinab.

Es fühlte sich wirklich so an, als hätten sie gerade eine schwere Schlacht geschlagen, also blickte auch Cooper stolz drein und packte noch ein paar Utensilien in den Rucksack.

Nacheinander kletterten sie in das Boot und ruderten in Richtung Strand. Die Horde war nun schon seit drei Tagen nicht mehr aufgetaucht, weshalb sie hofften, sie hätte sich nun einen anderen Spielplatz gesucht. Sicher konnte man sich aber nie sein. Deswegen musste alles ganz schnell gehen, als sie am Ufer landeten. Diesmal schoben sie das Boot auf den Strand und warfen eine beige Decke darüber, die sie auf der Yacht gefunden hatten. Ihre Hoffnung war, dass es so mit dem Sand verschmolz und nicht gleich zu entdecken war.

So schnell wie möglich rannten sie dann über das offene Gelände und in den Schutz des Waldes. Hier war die Gefahr ganz sicher nicht gebannt, aber wenigstens waren sie nun auch nicht gleich von weitem zu erkennen.

Schweigend gingen sie voran, doch horchten bei jedem Geräusch auf und blieben stehen. Während ihrer Zeit in der glücklichen Liebesblase konnte sich hier eine Menge verändert haben. Nicht zuletzt war es möglich, dass sich eine Abspaltung der Horde in der Gegend befand und stumm auf Beute wartete. Sie könnten geradewegs in eine solche Statuenansammlung hineinrennen, und dann würde nichts und niemand sie mehr retten können.

Derlei Horrorvorstellungen waren viel schlimmer, seit Cooper und Tico zusammen waren. Wie von selbst fanden sich ihre Hände, und so schafften sie es tatsächlich unbehelligt bis zum Eingang der Höhle. Hier blieben sie kurz stehen und atmeten tief durch. Cooper raubte sich sogar noch einen sachten Kuss, bei dem er die Hand in Ticos Dreads schob und sich dort festkrallte. Das war eine ganz neue Art, die Moral zu heben, und eine, die ihm deutlich besser gefiel, als sich nur gedanklich an irgendwelche Hoffnungen zu klammern.

Ein Quietschen ließ beide aufschrecken und in Richtung Höhle blicken. Eigentlich machten Locos oder andere Angreifer keine solch niedlichen Geräusche, aber man musste wohl mit allem rechnen.

Cooper atmete erleichtert aus, als sich Elvy aus der Dunkelheit schälte und beide überglücklich anstrahlte. »Ich hab' mich schon gefragt, ob ihr zusammen seid!«

»Na ja ... vor sieben Tagen waren wir es noch nicht«, erwiderte Tico und rieb sich verlegen über den Hinterkopf.

Das sorgte bei Cooper auch für eines dieser typisch dämlich verliebten Lächeln. Dagegen wehrte er sich nicht, er stand dazu. Am liebsten würde er es ohnehin in die gesamte Welt hinausschreien, dass sie sich gefunden hatten. Wenn man mit so einem Lärm nicht gleich alle Locos zu sich locken würde.

»Egal. Ich find' es toll!«, erwiderte Elvy und winkte die beiden näher. »Ich hab' die Höhle schon gesichert, kommt mit. Wir reden besser drinnen.«

Und wieder könnte dort eine kleine Armee auf sie warten, mit Gewehren im Anschlag. Cooper traute dem Mädel immer noch nicht über den Weg, doch Tico war es wichtig, Kontakte zu knüpfen und Verbündete zu finden, damit sie letztlich nicht ganz allein auf sich gestellt waren. Das verstand Cooper ja, aber es fiel ihm einfach schwerer, anderen Menschen zu vertrauen oder sie in sein Herz zu lassen. Trotzdem, oder gerade deswegen, schob er sich vor Tico, um einen möglichen Kugelhagel abzufangen und seinem Freund die Flucht zu ermöglichen. Das wurde mit einem leisen Lachen und einem liebevollen Kniff in seine Seite quittiert, was Cooper dann doch auch ein wenig zum Schmunzeln brachte. Mochte sein, dass er paranoid war, aber deswegen würde er trotzdem nichts an seinem Verhalten ändern.

Die Höhle hatte auch beim zweiten Betreten nichts von ihrer Schönheit eingebüßt. Nachdem sich Cooper versichert hatte, dass sie nicht mitten in einen Hinterhalt liefen, erlaubte er sich, die Einzigartigkeit dieses Ortes noch einmal zu zelebrieren. Diesmal mit Tico an der Hand, mit dem Wissen, dass sie zueinander gehörten. Das machte wirklich alles besser. Eigentlich schade, dass sie nicht allein hier waren. Cooper überkam das dringende Bedürfnis, Ticos nackte Haut im blauen Leuchten zu sehen und ihn hier und jetzt an diesem romantischen Ort zu lieben.

»Anstarren könnt ihr euch auch später noch.« Elvy winkte ihnen vom Restaurant aus zu, und sie folgten der Aufforderung, im Schutz der Wände mit ihr zu sprechen. Falls sich ein Loco in die Höhle verirrte, würde er sie wenigstens nicht sofort entdecken.

»Also, wie hat deine Kolonie die Nachricht aufgenommen?«, wollte Tico wissen und setzte sich kurzerhand auf den staubigen Boden. Cooper ließ sich neben ihm nieder, und auch Elvy machte es sich gemütlich. Komisch, mit einer Fremden zusammenzusitzen, als wäre man bereits ewig befreundet. Sie löste diese Annahme mit ihrem zutraulichen Verhalten aus. Cooper mochte sie schon gut leiden, doch vielleicht war das ja ihre Masche, und eigentlich war sie total durchtrieben und boshaft. Ihm war wirklich nicht mehr zu helfen, hm? Aber er hatte einfach Angst, dass ihm Tico auch noch entrissen wurde. Weitere Verluste konnte er nicht einstecken und diesen einen ganz besonders nicht.

Elvy sah nun ernst drein. »Na ja, wir versuchen jetzt, unsere Strategien zu ändern. Aber wenn Mauern nichts mehr nützen und sie diese einfach erklimmen ... Es ist schwer, etwas zu finden, was sie dann lang genug aufhält. Manche überlegen, die Siedlung zu verlassen. Vielleicht ist die Zeit für solche Zusammenschlüsse vorbei.«

Cooper dachte darüber nach, was das für die Welt hieß. Je mehr Kolonien sich auflösten, desto mehr Nomaden würde es geben. Das bedeutete allerdings auch das Ende der Autonomie, da niemand mehr Felder bestellte oder schützte. Orte, die noch nicht geplündert waren, würden es dann bald sein. Da Menschen trotz allem zur Sesshaftigkeit neigten, würden um die guten, versteckten Plätze schnell Kämpfe entbrennen. Das war auch jetzt teilweise so, wenn man so manche Reisende reden hörte. Aber zumindest in diesem Abschnitt der Welt schien das mit den Kolonien noch zu funktionieren und die Idee mit den Hochsitzen eine gute Lösung gewesen zu sein. Dort wurde immer Proviant aufgestockt, für alle, die aus Not hochklettern mussten. Wenn solche Nächstenliebe keine Bedeutung mehr hatte und verloren ging, wusste Cooper nicht, ob das noch eine Welt war, in der er leben wollte. Doch was war die Alternative? Er würde sich damit arrangieren müssen und mit Tico hoffentlich einen eigenen Weg gehen. Sie sollten dann vielleicht weiter auf das Meer hinausfahren, um die Yacht vor einer Entdeckung zu schützen, und für die Versorgungstouren alles an Hoffnung und Vorsicht aufbringen, was sie hatten. So wie sie es jetzt schon taten.

»Mensch, Coop. Dir kann man mal wieder deutlich ansehen, was du dir für Horrorszenarien ausmalst«, meinte Tico und wuschelte grinsend durch sein Haar. »Er ist immer so«, ergänzte er an Elvy gewandt.

Cooper schnaubte nur und hob die Schultern. »Könnt ihr es mir verdenken?«

»Lasst uns besser von etwas anderem reden. Ich kann euch die Hochsitze einzeichnen. Solang es uns noch gibt, können wir ein Handelsabkommen schließen.«

»Das, was wir finden, brauchen wir selber«, erwiderte Cooper.

»Ist ja nur ein Angebot. Für Dinge, die knapp sind, wie Medikamente, seid ihr ja vielleicht doch bereit, etwas aus eurem Fundus abzugeben.«

»Und der Anführer deiner Siedlung ist damit einverstanden, dass du eure Waren an Fremde vertickst?«, wollte Tico wissen.

Elvy nickte. »Im Austausch gegen die Informationen zu den Monstern. Ihr hättet das schließlich auch für euch behalten können. Das wäre übrigens ebenfalls eine annehmbare Währung ... wenn ihr noch irgendwelche nützlichen Dinge herausfindet.«

»Was die Locos betrifft?«, wollte Cooper wissen.

Elvy zuckte mit den Schultern. »Alles, was euch wichtig vorkommt und ihr teilen wollt.«

Mit einem »In Ordnung« willigte Tico ein, und auch Cooper nickte. Etwas zu verlieren hatten sie nicht.

»Dann gebt mal eure Karte her.«

Bevor Tico sie weiterreichen konnte, legte Cooper die Hand auf seinen Arm und schüttelte den Kopf. Immerhin war dort die *Santuario* eingezeichnet und er wollte nicht, dass irgendjemand wusste, wo sie lebten. Noch nicht. Es war einfach zu gefährlich.

Tico knickte die Karte so, dass der Fleck samt Markierung eingeklappt war, und erhob sich. Das Papier legte er dann auf dem Herd ab, nahm auch noch einen Stift zur Hand und beugte sich darüber. »Zeig mir alles, ich setze die Kringel selbst.«

Elvy zuckte mit den Schultern und begab sich neben Tico. Gemeinsam brüteten sie eine Weile leise murmelnd über der Karte, während Cooper nur zusah und den Kopf gegen die Wand lehnte. Er war echt müde, dabei hatten sie sich in den letzten Tagen überwiegend nur ausgeruht. Oder angestrengt. Meistens hintereinander. Ob er mit Tico einfach etwas hierbleiben sollte, sobald Elvy gegangen war? Ihm war es nach wie vor ein Bedürfnis, die Schönheit der Höhle eine Weile allein mit ihm zu genießen. Und da sie schon so früh aufgebrochen waren, würden sie trotzdem noch im Hellen zurück zum Meer kommen.

»Wenn ich dir sage, dass am Strand aktuell eine Horde unterwegs ist und ihr diesen Abschnitt meiden solltet, können Tico und ich dann noch ein paar Konservendosen und etwas Wasser mitnehmen?«

Elvy grinste und nickte gönnerhaft.

»Also treffen wir uns kommende Woche wieder?« Tico faltete die Karte zusammen und steckte sie zurück in den Rucksack. Als er sich neben Cooper setzte, griff er nach seiner Hand und drückte sie. Es war eine beiläufige Geste, aber eine, die Cooper sehr glücklich machte.

»Ich denke schon. Wenn nichts dazwischenkommt. Eine Horde Monster, zum Beispiel.« So sorgenvoll, wie Elvy die Augenbrauen zusammenzog, tat es Cooper fast leid, ihr ständig böse Dinge zu unterstellen. Gerade bekam er eher das Bedürfnis, sie zu umarmen und ihr zu sagen, dass alles gut werden würde. Aber das konnte er nicht, weil er nicht wusste, ob das stimmte. Er hatte auch geglaubt, in der Kolonie geschützt zu sein, obwohl so viel dagegen gesprochen hatte. Es war nirgends ungefährlich, und das war ein furchtbares Gefühl. Sicherheit war immerhin ein Grundbedürfnis der Menschheit. Seit ihre Siedlung gefallen war, beschäftigte ihn dieses Thema immer wieder. Er wollte Tico beschützen und ihm ein gutes Leben bieten. Mit dieser Welt und den Gefahren konnte er sich einfach nicht gut arrangieren, und ständiges Verstecken zermürbte ihn. Die Yacht war ein Glücksfall, dort waren sie weg vom Land und es fühlte sich wirklich an, als lebten sie in einer Art Paralleluniversum. Cooper war nah dran, sich darin zu verlieren, obwohl er wusste, wie bedenklich das war. Denn Menschen waren außerdem Herdentiere. Tico hatte die Gesellschaft anderer schon immer gebraucht. Was, wenn Cooper ihm auf Dauer nicht genügte?

»Nun schau ihn dir an, wie er da sitzt und vor sich hin brütet«, meinte Tico neben ihm und seufzte.

Cooper schwieg und sah das Achselzucken von Elvy nur aus dem Augenwinkel.

»Ich mache mich jetzt mal auf den Weg zurück. Wir sehen uns! Falls sich irgendwas ändert, hinterlasse ich euch hier eine Nachricht.«

Die Tür fiel ins Schloss, und Stille kehrte ein. Sie wurde erst unterbrochen, als sich Tico rührte und seinen Wuschelkopf in Coopers Blickfeld schob. Sorgenvoll blickte er ihn an. »Ich kann deine verschiedenen Grübel-Zustände inzwischen gut unterscheiden. Wir sind bei einem sehr unguten angelangt. Willst du mir sagen, was los ist?«

Cooper fuhr sich mit der Hand durch das Gesicht und lehnte den Kopf an die Wand. »Es ist sehr pessimistisch. Soll ich es dir trotzdem erklären?«

Tico ließ sich ihm gegenüber im Schneidersitz nieder und nickte.

Ein langes Ausatmen folgte, bevor Cooper antwortete: »Ich mache mir Sorgen.«

Tico hob eine Augenbraue an. »Wie gesagt, das sehe ich.«

»Um die Zukunft.« Auch wenn seine Gedanken dazu eigentlich recht klar waren, konnte Cooper es nicht gut in Worte fassen.

»Coop ... sich in einer Welt wie dieser um die Zukunft zu sorgen, macht einen nur kaputt. Wir haben doch einen Plan, und an den halten wir uns.«

»Ich bin schon mein halbes Leben in dich verliebt, Tico. Jetzt sind wir zusammen und wissen nicht mal, ob wir den nächsten Tag überleben. Dieses Gefühl ... ist noch viel schlimmer als in den Zeiten, als wir nur befreundet waren. Ich möchte doch eine schöne Zukunft mit dir. Nicht diese permanente Angst und Ungewissheit.«

Tico lehnte sich vor und griff nach Coopers Händen, um sie an seine Lippen zu führen. »Das möchte ich auch. Aber wenn du ständig alles zerdenkst, ruiniert das die schönen Momente. So wie diesen hier.«

Es stimmte ja. Eigentlich sollten sie jetzt draußen stehen, das Spiegeln der blauen Lichter im Höhlensee bestaunen und den Steindrachen grüßen. Aber er konnte nur schwer aus seiner Haut.

»Machst du dir keine Sorgen?«, fragte Cooper, obwohl er die Antwort schon erahnte. Bei Tico konnte man leicht den Eindruck gewinnen, dass er immer gut gelaunt durch die Gegend stromerte und keinen Gedanken an den nächsten Morgen verschwendete. Aber das war nicht so. Cooper liebte diese Seite an ihm, jedoch auch das, was sich dahinter versteckte. Ein sensibler Mann, der von genauso viel Angst erfüllt war wie er – und es nur nicht so offen zur Schau stellte.

Sein Freund löste sich von ihm und sah kurz zur Seite. »Doch, natürlich. Und das weißt du genau. Aber wir haben uns auch Sorgen darüber gemacht, unsere Freundschaft auf eine neue Stufe zu heben. Sie zu überwinden und uns zu lieben, war eine wunderbare Entscheidung. Es muss nicht immer das Schlechteste passieren. Manchmal entsteht auch Gutes. Und daran halte ich fest. Also möchte ich mit dir jeden Tag genießen, jede Sekunde, die wir zusammen verbringen. Und nicht darüber nachdenken, was sein könnte oder draußen für

Schlachtmaschinen auf uns warten. Das heißt nicht, dass ich unvorsichtig bin. Es hat lediglich etwas mit meiner Art zu denken zu tun.«

Cooper musste unwillkürlich lächeln. »Ohne dich würde ich mir vermutlich wirklich pausenlos das Hirn zermartern.«

»So was von. Und deswegen hörst du jetzt damit auf und kommst mit.« Wie um seine Worte zu unterstreichen, stand Tico auf und zog Cooper mit in die Höhe. Ihre Finger verflochten sich miteinander, als sie zur Tür marschierten und hinaustraten. Der Weg führte sie ein Stück auf die Brücke, wo sie unter der blau gesprenkelten Höhlendecke stehen blieben und auf das Wasser hinaussahen. So verharrten sie für einen Moment, und Cooper fiel es auf einmal ganz leicht, seine Ängste und Sorgen hintenanzustellen und sich absolut auf seinen Partner zu konzentrieren. Es hatte sich selten etwas in seinem Leben so richtig angefühlt wie das hier. Mit Tico zusammen zu sein und kleine, friedliche Momente zu genießen, die nicht mit in Dunkelheit und Tod getränkten Gedanken vergiftet wurden.

Tico wandte sich ihm zu und suchte seinen Blick. Wie immer hatte Cooper das Gefühl, er würde ihm direkt in die Seele sehen. Was vermutlich auch so war.

»Endlich hat sich die Sorgenfalte auf deiner Stirn geglättet«, meinte sein Freund lächelnd und strich mit dem Daumen sanft über die entsprechende Stelle.

Als Antwort zog Cooper ihn an der Hüfte zu sich und tat das, was er schon an diesem Ort mit ihm hatte anstellen wollen, seit sie das erste Mal hier gewesen waren. Beginnend mit einem Kuss.

Hard times ahead

Coopers Plan ging nicht ganz auf, denn als sie aus der Höhle traten, war es dem Sonnenstand nach zu urteilen, viel später als gedacht.

Ticos Dreads waren durcheinandergeraten, weil Cooper sie einfach zu gern durchwühlte, wenn sie miteinander schliefen und sich küssten. Nun drehte sein Freund sie in einen Dutt und stemmte die Hände in die Hüften. »Sollen wir hier übernachten oder meinst du, wir schaffen es zurück?«

»Schaffen wir!«, erwiderte Cooper entschlossen. Das Grübeln über Sicherheit und all das konnte er leider nicht wirklich abstellen. Um jeden Preis wollte er zurück auf die Yacht und keine Nacht in der Wildnis verbringen. Also zog er Tico eiligen Schrittes mit sich.

Je mehr sich die Sonne zum Horizont bewegte, desto hektischer wurde Cooper. Eigentlich war es verrückt. Sie mussten auch im Wald verdammt vorsichtig sein, aber gerade war es ihm egal, wenn die Äste unter seinen Schuhen knackten oder sie Vögel aufscheuchten. Für die Locos wären sie momentan gefundenes Fressen. Dieser Gedanke kam Cooper manchmal, und dann versuchte er wieder, besonnen zu sein. Aber es lief ihnen die Zeit davon. Im Grunde wären sie in der Höhle besser aufgehoben gewesen, doch nun war es zu spät. Cooper musste wirklich noch mehr an seinen panischen Zuständen arbeiten, die gerade überhandnahmen.

Irgendwann löste sich sein Freund von ihm, um eigenständig und schneller gehen zu können. Vielleicht war er aber auch sauer, weil Cooper so einen Stress machte. Erst, als sie das Meeresrauschen hörten, entspannten sie sich etwas und wurden langsamer.

»Ich dachte schon, du willst einen Marathon laufen«, meinte Tico.

Cooper war erleichtert über das Schmunzeln auf dessen Gesicht. »Tut mir leid. Ich kann's einfach nicht erwarten, wieder mit dir ins Bett zu fallen.«

Tico schnaubte belustigt – bevor er Cooper plötzlich fest am Handgelenk packte und ihn hinter den nächsten Baum zog.

Gemeinsam drückten sie sich gegen den Stamm, auch wenn Cooper noch keine Ahnung hatte, was los war. Fragend sah er zu seinem Freund, der in Richtung Küste zeigte.

Mit zusammengekniffenen Augen starrte Cooper in die Dämmerung, aber dann sah er es auch. Bewegung am Strand. Locos konnten es nicht sein, die würden zum einen mehr Lärm machen und zum anderen nicht so ruhig und besonnen auftreten. Zumindest nicht, wenn sie in einer Horde unterwegs waren. Das Gewimmel da unten war zu groß, als dass es nur ein paar wenige Individuen sein konnten.

Vielleicht waren es andere Überlebende. Cooper erkannte hier und da den Lichtkegel einer Taschenlampe, und wenn man ganz genau hinhörte, konnte man auch leichtes Stimmengewirr vernehmen, das mit dem Wellenrauschen und dem Wind zu ihnen getragen wurde.

»Was sind das für Leute?«, wisperte Tico.

Cooper zuckte mit den Schultern. Es war immer schlecht einzuschätzen, ob andere Menschen freundlich oder feindlich gesinnt waren. »Vielleicht sind sie von Elvys Siedlung.« Er bemühte sich, nicht ständig vom Schlimmsten auszugehen. Außerdem hatten sie die junge Frau vor der Horde gewarnt, die den Strand unsicher machte. Möglicherweise wollten sich ihre Leute das näher anschauen und nach Beweisen suchen.

Sein Vorsatz, Situationen nicht vorschnell zu bewerten, hielt nicht lang. Er schnaubte entrüstet, denn mit ihrem gut gemeinten Hinweis hatten sie Fremde praktisch vor ihre Haustür gelockt. Es war allerdings auch ganz schön mutig, sich von dem Vorhandensein einer Horde selbst überzeugen zu wollen. Und lebensmüde.

Tico löste sich von dem Baumstamm und huschte geduckt weiter in die Böschung und Richtung Strand.

Im Stillen fluchte Cooper vor sich hin. Was machte sein Freund da nur? Konnte er nicht zumindest Bescheid sagen, bevor er so vorpreschte? Das war verdammt gefährlich. Was, wenn es sich wirklich um Feinde handelte?

Vorsichtig folgte Cooper ihm und blieb dabei

ebenfalls nah am Boden, damit bloß kein Schein einer Taschenlampe ihn enttarnte. Nach ein paar Schritten war er endlich neben seinem Freund angekommen, und nun hockten sie erneut gemeinsam hinter einem Busch.

»Mach das nie wieder«, echauffierte sich Cooper flüsternd und stupste seinen Freund leicht mit dem Ellbogen in die Seite.

Tico deutete schweigend vor sich, sein Gesichtsausdruck war überhaupt nicht erfreut und eher aufgewühlt.

Mit gerunzelter Stirn blickte auch Cooper wieder zu den Fremden und dann verstand er, weshalb sein Freund so dreinschaute. Alle von ihnen trugen Militäruniformen und waren schwer bewaffnet. Halluzinierte er? Soldaten waren seit dem Ausbruch nicht mehr gesehen worden. Wo kamen die auf einmal her? Und was taten sie hier?

Tico zupfte an seinem Ärmel und sah ihn unschlüssig an. »Sollten wir sie warnen, dass jederzeit eine Horde Locos vorbeikommen kann?«

Für einen Moment ließ Cooper den Blick über die Umgebung schweifen. Von dem Ruderboot waren sie zu weit entfernt. Er konnte von hier aus nicht ausmachen, ob es noch überdeckt auf dem Strand lag, zumal es auch rasch dunkler wurde. Zögerlich schüttelte er den Kopf. Die Locos kündigten sich im Rudelverbund durch jede Menge Lärm an. Danach dauerte es zwar nur noch wenige Augenblicke, bis sie in Sicht kamen, aber mit viel Glück würde es ihnen gelingen, in der Zeit zu entkommen. Wurde allerdings durch die Kreaturen nur ein bisschen

Bewegung wahrgenommen, wäre dies ihr Todesurteil.

»Wir sollten gehen und abwarten, bis sie abziehen«, raunte er halb panisch und begann bereits, sich zurückzuziehen.

»Verflucht, Coop ...«, zischte Tico und ließ von ihm ab.

Bevor er auch nur realisieren konnte, was als Nächstes geschah, war sein Freund schon aufgestanden und aus dem Schutz des Waldes getreten. Mit erhobenen Händen stand Tico nun vor den Soldaten und räusperte sich hörbar.

Cooper war in eine Schockstarre verfallen und konnte nur beobachten. Kein einziger seiner Muskeln wollte sich rühren, so sehr er sie auch anflehte. Alles in ihm schrie danach, sich vor Tico zu werfen und als menschliches Schild gegen den drohenden Kugelhagel zu fungieren. Warum schaffte er es nicht? Dieser Mann bedeutete doch alles für ihn.

Gefühlt tausend Waffen waren innerhalb von Sekunden auf Tico gerichtet, und doch löste sich nur ein einzelner Schuss. Dieses Geräusch würde sich für immer in Coopers Gedächtnis einbrennen und alles, was danach passierte. Endlich konnte er seinem verfluchten Körper gebieten, sich zu bewegen und aufzustehen. Irgendjemand brüllte einen Befehl, der bei Cooper jedoch nicht ankam. Sein Fokus lag vollkommen auf Tico, der gerade zu Boden ging und sich vor Schmerzen krümmte.

Cooper war es egal, ob er jetzt auch abgeknallt wurde. Wie von Sinnen rannte er zu seinem Freund und ließ sich neben ihn auf die Knie fallen. Blut sickerte aus einer Wunde an der Schulter und bildete ein dünnes Rinnsal, das von Ticos Arm hinunter in den Sand tropfte.

»Scheiße!«, wisperte Cooper, obwohl er vor Zorn und Schock brüllen wollte, und drückte seine Hände auf die Verletzung. Was sollte er sonst tun? So hilflos hatte er sich noch nie gefühlt. Auch nicht, als er sich zu Beginn dieser apokalyptischen Zustände mit Tico hinter Autos versteckt hatte, während die Locos Unschuldige ermordet und gewandelt hatten.

Es war wohl ein verdammtes Glück, dass die Soldaten keine Schrotflinten benutzten, sonst wäre von Tico jetzt nicht mehr viel übrig. Verwundern tat es Cooper schon für einen Moment. Jeder wusste doch, dass einzelne Patronen nichts gegen den Ansturm eines Locos ausrichten konnten. Wo kam diese verfluchte Armee nur her? Hatte sie die letzten Jahre womöglich in einem Kälteschlaf verbracht? Komisch, was einem so durch den Kopf ging, wenn einem das Blut des Geliebten zwischen den Fingern hervorquoll.

»Das wird schon wieder«, hauchte Tico kraftlos und legte seine Hand auf Coopers.

Dieser musste trotz dieser entsetzlichen Situation schmunzeln. Das war so typisch. Eigentlich sollte er diese Worte zu ihm sagen und nicht umgekehrt. »Wag es bloß nicht, mir wegzusterben!«

Anschwellendes Geschrei ließ ihn den Kopf heben. Es kam aus der Richtung, in der die Herde zuletzt vor drei Tagen verschwunden war. So sehr hatte Cooper gehofft, sie losgeworden zu sein.

Natürlich hatte sie sich einen denkbar schlechten Zeitpunkt ausgesucht, zurückzukehren.

Die Soldaten um ihn herum gerieten in Hektik. Ohnehin hatte er sich schon gefragt, was mit denen los war. Bisher hatte keiner ein Wort gesagt oder ihn gar massakriert. Doch mit solchen Gedanken hielt er sich nicht lang auf. Sogar Tico hatte die Augen aufgerissen und den Kopf in Richtung Geräuschkulisse gedreht. Cooper würde ihn niemals rechtzeitig hier wegbekommen.

»Ich beschütze dich!«, sagte er entschlossen und griff nach seinem Harpunengewehr. Sie waren inzwischen eigentlich ein eingespieltes Team, und er wusste nicht, wie er es ohne ihn schaffen sollte. Aber er musste es versuchen. Die Soldaten machten auch keine Anstalten, zu fliehen, obwohl sie weitaus mehr Chancen dazu hätten als das Paar. Wenn er in der Schnelle richtig zählte, waren sie zu zehnt. Keine Hürde für die Locos.

»Lass deine Waffen stecken, Bursche!«, fuhr ihn einer der Soldaten an, bevor er zu zwei seiner Kumpanen blickte. »Ihr tragt den Verletzten und dann Abzug Richtung Wald. Los! Los! Los!« Mit einer entsprechenden Handbewegung unterstrich er seine Befehle.

Cooper blickte ihn erst fassungslos an, ließ aber zu, dass die Unbekannten Tico anhoben. Flucht war die einzige Option, selbst wenn es einem feige vorkam. Jede Sekunde könnten die Locos am Horizont auftauchen und somit auf die Bewegung am Strand aufmerksam werden. Bis zum Schutz der Bäume war es nur ein Steinwurf. Sicher waren sie dort immer noch nicht, aber wenigstens nicht mehr auf offenem Feld. Sofern kein Loco Reißaus nahm und alle auf dem Sand blieben, lag in den Bäumen ihre beste Überlebenschance. Also rannte Cooper wie ein Wahnsinniger den anderen hinterher und schlitterte in die Böschung. Das Geschrei war inzwischen so nah, dass er das Gefühl hatte, die Kreaturen wären direkt hinter ihm. Er visualisierte automatisch, wie ein knochiger Dornenarm bereits seinen Rücken anvisierte. Oder sich zwei monströse Hände an seine Schultern legten, um ihn entzweizureißen. Doch nichts dergleichen geschah. Cooper fand sich bei den anderen Soldaten ein, die ein Stück in den Wald gelaufen waren und dort hinter den Bäumen hockten. Tico hatten sie im Gras abgelegt, und Cooper kauerte sich neben ihn.

»Halt noch ein bisschen durch ...«, flüsterte er und zwang sich zu einem Lächeln.

Tico schaffte es sogar, zu nicken. »Du ... auch.«

Hastig griff Cooper nach seiner Hand und hielt sie. Anders würde er es nicht durchstehen und sein Freund vielleicht ja ebenfalls nicht. Mehr wagte er nicht, sich zu bewegen. Spätestens jetzt waren die Locos nur wenige Meter von ihnen am Strand unterwegs. Zwischen den Baumstämmen und dem Buschwerk hindurch konnte man das Gewimmel deutlich sehen. Wären die Kreaturen nicht so furchterregend und würde in Coopers Brust ein analytischeres und wissenschaftlicheres Herz schlagen, könnte er durchaus darüber sinnieren, wie ein Parasit derart facettenreiche Wesen transformieren konnte. Gewisse Ähnlichkeiten waren beispielsweise durch den Infektor und die Brustplatte gegeben, doch war jeder Loco individuell. Oft hingen die Hüllen der einstigen Menschen nutzlos wie Fleischsäcke irgendwo an den Locos, und es war, als würden die toten Gesichter einen anklagend betrachten. So marschierte gerade ein Wesen vorbei, das Klauen als Füße besaß und messerscharfe, aus Knochen geformte Arme, die wie riesige Säbel wirkten. Der Körper war bullig, und der Kopf bestand nur aus einem gewaltigen Kiefer und dickem Fleisch, das ihn zusammenhielt. Die Haut des einstigen Menschen jedoch hing wie Haar am Hinterkopf herunter und wehte in der sanften Meeresbrise. Der Mond tauchte die Szenerie in schauriges Licht.

Manchmal war alles umgewandelt worden und die einst beseelten Augen des Toten starrten einem mit feurigem Hass entgegen. So wie bei der Kreatur, die gerade auf den Wald zuraste und zwischen zwei Bäumen – nur wenige Meter von Cooper und den anderen entfernt – zum Stehen kam. Der Körper war noch halbwegs menschlich, doch hatte sich einiges von Fleisch und Knochen abgeschält, um zwei lange Tentakel zu bilden, die vom Rücken her stolz in die Höhe ragten. An den Enden waren sie gespickt mit Klauen, die sich immer wieder gierig öffneten und schlossen. Im Gesicht des Wesens klaffte ein großes Loch, aus dem sich einige weitere und winzigere solcher Fortsätze tummelten. Das war einer dieser Locos, der einen in Stücke reißen konnte. Wenn das geschah, wurde jeder Part infiziert. Deswegen gab es auch vereinzelt kleinere

Kreaturen, die Haustieren gleich um die großen umherschwirrten und nicht ganz so intelligent wirkten. Etwas Niedliches hatte das aber absolut nicht.

Cooper bot jegliche Körperspannung auf, um das unkontrollierte Zittern zu unterbinden, das ihn zu übermannen drohte. Es reichte nicht, seine Angst war ihm am ganzen Leib anzusehen. Er nahm den Blick von dem Wesen. Die Horde veranstaltete einen Heidenlärm, deswegen konnte er nicht hören, ob sich diese einzelne Kreatur nun weiter näherte. Doch wenn Cooper jetzt starb, wollte er gar nicht vorgewarnt werden, sondern Trost und Hoffnung in den Augen seines Gefährten finden. Die jedoch geschlossen waren. Cooper sah mit wachsender Panik weiter hinab auf ihre miteinander verschlungenen Hände. Nur seine Finger krallten sich noch fest, während sich Ticos Griff gelöst hatte. Sein Brustkorb hob und senkte sich aber glücklicherweise, auch wenn man genau hinsehen musste.

Verdammt! Coopers Augen füllten sich mit Tränen. Er konnte nicht mal den Blutverlust stoppen, weil sie hier bewegungslos ausharren mussten. Jede weitere Sekunde konnte Tico das Leben kosten. Diese ganze Situation war so surreal ... so schrecklich, dass Cooper das Gefühl hatte, sie nicht einen Moment länger aushalten zu können. Aus dem Augenwinkel sah er die zuckenden Tentakel, die links neben dem Baum zum Vorschein kamen, hinter dem er hockte. Nun hörte er auch den unnatürlich schnellen und rasselnden Atem.

Was spielte es jetzt noch für eine Rolle? Nur

einen Schritt weiter und der Loco würde sie alle sehen und die Horde alarmieren. Das wäre ihr Todesurteil. Falls sie wegrennen würden, ebenfalls. Auch wenn die anderen mit ihren Gewehren schießen würden, und das wollten sie. Cooper konnte sehen, wie sie sich bereit machten. Aber einen Loco zu töten, dauerte. Vor allem mit diesen Kugeln. In beiden Szenarien würden sie von den Locos zu Hackfleisch verarbeitet werden. Somit tat Cooper etwas, bei dem vielleicht ein klitzekleiner Prozentsatz gegeben war, dass die Soldaten und Tico überlebten. Er selbst eher weniger, aber das war ihm egal. Als Dank für ihre Rettung würde das Militär seinen Freund hoffentlich verarzten. Und wenn man die Chance hatte, eine Handvoll Menschen zu retten, tat man das doch. Wer zögerte da? Cooper hatte es zu oft getan. Jetzt gerade lag sein Weg jedoch so offen wie noch nie in seinem Leben vor ihm.

Er drückte ein letztes Mal Ticos Hand, in der Hoffnung, er würde es unterbewusst merken. Dann klaubte er die Harpunenkanone vom Boden auf und erhob sich. Ganz ruhig fühlte er sich und entschlossen. Das Zittern hatte vom einen auf den anderen Moment aufgehört. Er trat neben den Baum und somit genau vor den Loco. Dessen Tentakel erbebten in freudiger Erwartung, und die Brustplatte, hinter dem der Infektor saß, schob sich schon ein bisschen zur Seite. Cooper setzte die Kanone genau auf diese Stelle und drückte ab. Gleichzeitig fühlte er einen Schmerz an seiner Schulter, wo sich die Klaue eines der Rückententakel von oben durch seinen Körper wühlen wollte. Doch weit kam sie nicht, da die Harpune tatsächlich den Knochen zersprengte, den Infektor dahinter durchstieß, an der Kehrseite austrat und in der Rinde des Baumes hinter dem Loco stecken blieb. Das aufkeimende Gebrüll, das die Horde alarmiert hätte, erstickte sofort, ebenso erschlaffte der komplette Körper und kippte zur Seite. Durch den Rückstoß der Kanone war Cooper ein Stück nach hinten gewankt, wodurch die Klaue schon aus dem Fleisch gezogen worden war. Die Wunde war sicher weder besonders klein noch hübsch oder gut heilbar. Doch für den Moment durfte Cooper weiterleben, was er gar nicht so richtig realisieren konnte und einfach stehen blieb. Einer der Soldaten zog ihn wieder in Deckung und zu Boden. Es war derselbe, der vorhin die Befehle gegeben hatte. Fassungslos starrte dieser erst ihn, dann die Harpunenkanone an.

Cooper schwankte zwischen Freudentaumel und Schmerz. Sein Plan war tatsächlich aufgegangen. Die Horde rannte weiter am Strand entlang, doch die Anzahl der Locos wurde beständig weniger. Gleich würden sie gänzlich vorbeigezogen sein. Ein gutes Zeichen – vielleicht war es nun ausgestanden. Noch wurde genug Adrenalin durch Coopers Venen gepumpt, dass er nicht gleich von dem Blutverlust ohnmächtig wurde. Aber es würde nicht mehr lang dauern. Seine Schulter war bereits taub, nur ein Pochen war noch zu spüren. Er schaffte es nicht mal, den Kopf zu drehen, wahrscheinlich waren irgendwelche Muskeln durchtrennt, die für diese Bewegung zuständig gewesen wären. Aber es war wohl besser so, wenn er das klaffende Loch in seinem Körper nicht sah. Vielleicht würde ihm das den Rest geben. Also lehnte er sich erschöpft an den Baum und behielt Tico im Blick.

Er hatte das schon oft versuchen wollen; einem Loco die Harpune durch die Brustplatte zu schießen. Aber den Punkt zu treffen, auch noch genau den, hinter dem der Infektor saß, war aus der Entfernung schwierig. Und wer traute sich schon, einem Loco so direkt gegenüberzutreten, wenn es sich vermeiden ließ? Cooper war sich nicht sicher, ob er das noch mal wiederholen wollte. Aber er musste es wahrscheinlich auch nicht. Seine Augen schlossen sich ohne sein Zutun. So sehr er sich gegen die bleierne Müdigkeit wehrte und zu Ticos Schutz weiter wach bleiben wollte ... so vermochte er es nicht. Nicht mal mehr die Kraft zum Reden fand er, um den Befehlshaber zu bitten, sich um Tico zu kümmern. Hoffentlich würde er das von selbst tun. Das Harpunengewehr konnte er gern haben, wenn es ihn so faszinierte. Es rutschte Cooper gerade ohnehin aus den Händen. Und dann versickerte auch das Gezeter der Horde-Nachzügler irgendwo an der Grenze zwischen Realität und dem Nichts, in das er abdriftete.

No rest for the dead

Coopers Verstand kehrte noch vor seinem Körper ins Hier und Jetzt zurück. Eine ferne Stimme leitete ihm den Weg, aber manchmal verlief er sich und musste innehalten. Das waren die Momente, in denen er sich unglaublich verloren vorkam und jeder sich manifestierende Gedanke von einer eiskalten Hülle umschlossen wurde, an die er einfach nicht herankam. Manchmal wusste er nicht mehr, wer er überhaupt war und wo er sich befand. Nur, wie sehr er sich nach etwas sehnte, das er nicht benennen konnte. Zeitgefühl existierte in dieser Welt nicht, jeder Moment fühlte sich wie eine Ewigkeit an, aus der es kein Entrinnen gab. Bis die Stimme wieder auftauchte und er endlich einen Fixpunkt besaß, dem er folgen konnte. Immer weiter, damit sie deutlicher wurde. Er glaubte ganz fest daran, sein Ziel erreicht zu haben, wenn er die Worte verstehen würde. Das allein sorgte dafür, dass er die stillen Zeiten durchstand. Anders wäre er in dieser Leere irgendwann verrückt geworden. Die Angst, keine Stimme mehr zum Folgen zu haben, war allgegenwärtig, aber Cooper traute sich auch nicht, nach ihr zu suchen. Denn dann hätte er den Pfad verlassen, auf dem er sich befand. Nein, er musste jedes Mal warten, wenn die Stimme ihn verließ und darauf vertrauen, dass sie zu ihm zurückkehrte.

Und so war es auch. Als er endlich ihren Kern erreichte, fiel ihm alles wieder ein – beginnend mit seinem Namen. Denn dieser war es, den die Stimme ständig formte.

»Cooper«, wiederholte ebenjener in Gedanken, als er die Lider öffnete und an eine triste Decke starrte. Für den Moment war er unfähig, sich zu bewegen, und horchte nur in sich hinein. Von seiner Schulter strahlte ein dumpfer Schmerz aus, der aber aushaltbar war. Er hatte die Wunde zwar nicht gesehen, doch sie musste schwer gewesen sein und bei den heutigen Standards nicht gut zu behandeln. Eigentlich sollte er das Gefühl haben, in Flammen zu stehen. Oder längst tot sein.

Er schien in einem Bett zu liegen, zumindest war der Untergrund sehr weich und er spürte eine Decke über seinem Körper sowie ein Kissen unter dem Kopf. Was ihn nun doch dazu brachte, sich ein bisschen mehr umzusehen. Wo zum Teufel war er?

Seine Augen weiteten sich, als er zur Seite blickte und ein weiteres Bett entdeckte. Dort saß ein ziemlich wacher Tico und kritzelte wild mit seinen Stiften herum. Unter seinem Shirt zeichnete sich ein Verband ab – dort, wo er angeschossen worden war. Er wirkte wie das pure Leben – quirlig wie immer. Das war so ein krasser Gegensatz zu dem, wie Cooper ihn zuletzt wahrgenommen hatte: sterbend und blutend auf dem Boden liegend. Sofort fühlte er sich in diesen Moment zurückkatapultiert. Er hatte dort nur Angst und Verzweiflung gespürt und war kaum zu vernünftigen Gedanken fähig gewesen. Tico war ihm praktisch unter den Händen weggestorben, er hatte rein gar nichts für ihn tun können. Dieses Gefühl der Hilflosigkeit holte ihn nun verspätet ein und schnürte ihm für einen Moment die Luft ab. Was ihn aber nicht daran hinderte, sich unvermittelt aufzusetzen.

Oder es zumindest zu versuchen. Denn da bemerkte er, dass seine Schulter doch noch ziemlich ramponiert war und schmerzte. Mit einem hörbaren Keuchen ließ er sich wieder ins Kissen sinken.

»Cooper!«, rief Tico aus und war in Windeseile bei ihm. »Ich dachte schon, du wachst nie mehr auf.«

»Hör auf, so eine Dramaqueen zu sein, und küss mich lieber«, grummelte Cooper schmerzerfüllt, lächelte aber.

Mit hochgezogenen Augenbrauen sah sein Freund auf ihn hinab. »Das sagt gerade der Richtige. Aber na schön, ich will mal nicht so sein.«

Die Spitzen seiner Dreads kitzelten Coopers Haut, noch bevor ihre Lippen einander erreichten. Es gelang ihm sogar, den gesunden Arm zu heben und die Hand in Ticos Nacken zu legen, damit er sich bloß nicht zu bald wieder von ihm entfernte.

Irgendwann mussten sie jedoch mal nach Atem

ringen und sich zwangsweise voneinander lösen. Tico blieb noch einen Moment nah bei ihm und ließ seine Stirn an Coopers gelehnt. »Das Schiff zu verlassen, war eine blöde Idee.«

Mit einem Brummen stimmte Cooper zu und visualisierte kurz, wie er dort unversehrt mit Tico im Bett lag. Was ihn aber zu einer entscheidenden Frage führte: »Wo sind wir überhaupt?«

Sein Freund richtete sich auf und setzte sich ein bisschen bequemer auf die Bettkante. »Das Militär hat uns mitgenommen und verarztet. Wir sind wohl in einem Bunker. Den Weg hierher hab' ich genauso verschlafen wie du.«

Der Gedanke, unter der Erde festzusitzen, bei einer Fraktion, deren Werte und Einstellungen sie nicht kannten, war Cooper unheimlich. Das Militär war schon in den Anfängen des Ausbruchs vollständig verschwunden. Ein Gedanke, den er auch zuvor nicht weiter hatte verfolgen können, sich ihm nun aber wieder aufdrängte. »Unfassbar, dass sie noch eine Basis haben. Wo waren sie all die Jahre?«

»Jede Frage haben sie mir nicht beantwortet. Sie wollen mit uns beiden darüber sprechen. Ich hätte wohl auch keine Lust, alles doppelt und dreifach zu erklären.«

»Haben sie denn gesagt, warum sie auf dich geschossen haben?«

Tico nickte. »Ein Versehen. Entschuldigt haben sie sich auch.«

Cooper schnaubte. Doch er konnte es nachvollziehen. In der Siedlung hatte es ebenfalls Unfälle gegeben, bei Übungen und echten Angriffen. Die Nerven lagen blank, man witterte überall einen Loco. Das machte das Ganze nicht besser, aber es konnte leider jedem passieren.

»Sei nicht nachtragend, ich lebe und du auch. Und sie haben uns gerettet. Das ist die Hauptsache. Außerdem haben sie mir erzählt, was du mit dem Harpunengewehr gemacht hast.« War das Stolz, der da in seinem Blick flackerte?

Cooper wusste nicht, was er dazu sagen sollte. Er wollte weder Dank dafür noch auf ein Heldenpodest gestellt werden. Also lächelte er nur schief.

Tico strich ihm über die Wange. »Unter anderen Umständen würde ich jetzt mit dir schimpfen wegen so viel Leichtsinn und der Bereitschaft zu sterben. Ich hab' dich nämlich lieber lebendig. Aber du musstest es wagen, das versteh' ich. An deiner Stelle hätte ich ebenso gehandelt, um dich zu retten.«

Erneut blieb Cooper sprachlos zurück. Vielleicht war sein Hirn auch nicht ganz wieder betriebsbereit. Tico küsste ihn noch mal. Das war immer schön.

Sofern man dabei nicht gestört wurde. Das Geräusch einer sich öffnenden Tür ließ die beiden auseinanderfahren. Cooper blickte an seinem Freund vorbei und erkannte den Mann, der die Befehle gegeben hatte. Das sachte Lächeln auf den Gesichtszügen passte nicht so ganz zu der Strenge, die er sonst ausstrahlte. Auf seinem Kopf spross nicht ein einziges Haar, doch sein grauer Bart war dafür umso buschiger. »Ihr seid also beide wach und unsere Bemühungen waren nicht umsonst. Sehr gut.«

Kurz erwog Cooper, sich für die Rettung zu bedanken, aber eigentlich fand er das nur recht, nachdem diese Leute seinen Freund angeschossen hatten. Der gute Ton erforderte es wohl trotzdem, also rang er sich dazu durch. Tico rutschte währenddessen mehr aufs Bett, wodurch sich Cooper aufgefordert fühlte, ein bisschen zur Seite zu robben, damit er genug Platz bekam. So lagen sie nun nebeneinander und blickten dem Unbekannten entgegen.

Dieser setzte sich auf das freie Bett und legte locker die Hände auf den Oberschenkeln ab. »Mein Name ist Flint. Die alten militärischen Ränge sparen wir uns inzwischen, aber einen Anführer gibt es natürlich immer noch. Der bin ich.«

»Wo wart ihr die ganzen Jahre über?«, fragte Cooper. Er musste das jetzt unbedingt wissen. »Und warum versteckt ihr euch in einem Bunker?«

Flint lächelte erneut und sah kurz zu Tico. »Ihr seid beide sehr neugierig und kommt direkt zum Punkt. Tatsächlich seid ihr seit Jahren die ersten Oberflächler, auf die wir getroffen sind. Expeditionen ins Freie machen wir ausschließlich, wenn es wirklich notwendig ist. Hier unten leben nur zwanzig Personen, und unsere Vorräte sind für eine sehr lange Zeit ausreichend.«

»Das beantwortet die Fragen nicht«, warf Tico ein.

Flint hob beschwichtigend die Hände. »Lasst mich einfach weiterreden. Soweit wir wissen, sind wir die letzte Einheit des Militärs, zumindest gehen wir davon aus. Es besteht zwar eine Funkverbindung zu anderen Basen, doch es antwortet keiner mehr. Warum, weiß niemand von uns. Wir waren schon in diesem Bunker, als alles anfing. Er ist damals frisch fertiggestellt worden und sollte als Forschungsanlage dienen. Wir haben ihn inspiziert und uns verschanzt. Da unsere Mission hier sehr wichtig ist, bleiben wir unter uns und lassen nur wenig Ablenkung zu.«

»Was für eine Mission denn?«, wollte Cooper wissen.

Flint schwieg einen Moment, bevor er mit gewichtiger Miene sagte: »Wie gesagt, das hier ist eine Forschungsstation. Wir Soldaten sind dazu da, die Wissenschaftler zu beschützen und alles zu besorgen, was sie benötigen. Im Grunde versuchen wir, den Parasiten zu verstehen, um dann verschiedene Szenarien zu entwickeln, damit wir ihm Einhalt gebieten können.«

Das klang so unglaublich und unwahrscheinlich, dass Cooper den Kopf schüttelte. Tico hingegen sprang vom Bett auf und setzte sich zu Flint – wie ein Kind neben seinen Opa, weil es eine Geschichte hören wollte. Der Ältere sah ein wenig irritiert drein, kehrte aber schnell zu seiner neutralen Mimik zurück.

»Und wie weit seid ihr? Können wir irgendwie helfen?«, fragte Tico aufgeregt.

»Das ist die ungute Nachricht. Wir sind hier zwar halbwegs autark, aber lebendige Subjekte zu fangen, ist ein Ding der Unmöglichkeit. Es ist uns bisher nicht gelungen. Manchmal bringen wir die Stacheln her, damit am toten Objekt geforscht werden kann, doch Tests bezüglich Impfstoffen und Ähnlichem sind da natürlich nicht möglich. Immer noch stehen wir ganz am Anfang, werden dabei aber nicht jünger. Wenn es euch also gefallen würde, zu bleiben ...«

Während Tico sichtlich angetan von dieser Idee war, wuchs bei Cooper die Skepsis. »Ihr könntet euch einfach den Überlebenden zeigen und davon berichten. Die meisten würden mit Kusshand helfen und euch sogar beim Einfangen eines Locos ... einer solchen Kreatur unterstützen. Warum macht ihr das nicht?«

»Um keine falsche Hoffnung zu schüren.«

Diese Antwort entbehrte für Cooper jegliche Sinnhaftigkeit. »Besser eine falsche Hoffnung als gar keine. Ich meine, es ist doch klar, dass die Bemühungen auch ins Blaue laufen können und wir am Ende mit leeren Händen dastehen. Aber es mit dem Ziel, den Parasiten zu besiegen, im Hinterkopf zu versuchen, kann schon Berge versetzen.«

Flint schwieg einen Moment und sah auf seine Hände. »Ich weiß, wie es oben aussieht und wie gefragt gut zu schützende Lebensräume sind, in denen man nicht vom Tod überrascht wird. Dieser Bunker ist so ein Ort. Ihr zwei mögt ja gute Menschen sein, aber das trifft nicht auf jeden zu.

Während die eine Hälfte der Überlebenden vielleicht bereit wäre, zu helfen, würde die andere hier gewaltsam eindringen und alles zerstören, was wir bisher erreicht haben. Das Risiko ist einfach zu hoch. Wir gehen lieber mit Vorsicht und Geduld vor.«

»Eigentlich müsstet ihr euch gut vertragen«, warf Tico mit einem Schmunzeln ein. »Cooper ist nämlich auch so auf Sicherheit bedacht. Deswegen fragt er dich so aus.«

Das brachte die beiden anderen Männer zum Lächeln, und Flint antwortete: »Wir haben euch aus mehreren Gründen gerettet und hergebracht. Aus Dank für die Rettung unter Einsatz deines Lebens.« Ein Blick zu Cooper folgte, bevor der Ältere weitersprach. »Außerdem als Entschuldigung für den Schuss ... und eben, weil wir uns vorstellen könnten, euch beide hier aufzunehmen und auszubilden.«

»Damit wir bloß nicht weitersagen, dass ihr euch hier befindet?« Wenn Cooper nun schon von seinem eigenen Freund als Skeptiker enttarnt wurde, konnte er auch gleich weitermachen mit all den Fragen, die ihm auf der Seele brannten.

Der hiesige Anführer ließ sich davon nicht aus der Ruhe bringen. »Ihr seid keine Gefangenen. Falls ihr gehen wollt, bringen wir euch dahin zurück, wo wir euch gefunden haben. Allerdings so, dass ihr nicht wisst, wo unser Bunker ist, auch wenn uns die dadurch entstehenden Unannehmlichkeiten natürlich leidtun würden. Ich empfehle jedoch, in Ruhe über all das nachzudenken und euch ohne mich zu besprechen. Ihr solltet zumindest bleiben, bis ihr euch vollständig erholt habt.«

Dagegen konnte Cooper nicht mehr viel sagen, und sich jetzt sofort zu entscheiden, wäre ihm ohnehin nicht möglich gewesen. Er wechselte einen Blick mit Tico, der sich zu ihm beugte und seine Hand nahm. »Wir denken nach, in Ordnung! Aber eins muss ich noch loswerden. Mit euren Gewehren werdet ihr einen Loco nicht mal verlangsamen. Wenn ihr sie lebend einfangen wollt, solltet ihr ihnen die gefährlichen Körperteile abtrennen, so wie wir das tun. Sie sterben erst, sobald man den Infektor entfernt, diesen Schritt könnt ihr ja auslassen. So könntet ihr sie zumindest leichter mitnehmen. Ich meine ... ihr seid die Militärstrategen, aber die Idee ist euch offenbar noch nicht gekommen.«

Flint erhob sich und lächelte nachsichtig. »Den Rat nehme ich dankend an. Aber auch mit einer Salve einzelner Patronen kann man genug Schaden anrichten. Ihr beide habt jedenfalls eine ganz spezielle Waffenwahl, ich würde euch gern mal zusammen in Aktion sehen. Nun lasse ich euch erst mal wieder ruhen. Sobald Cooper das Bett verlassen kann, gebe ich euch persönlich eine Tour und stelle euch allen vor.« Damit nickte er ihnen noch mal zu und verließ kurz darauf den Raum.

Tico gesellte sich wieder zu Cooper und grinste ihn vielsagend an. »Du bist heute ein richtiger Griesgram. Aber ein ziemlich gut aussehender.«

Cooper legte den gesunden Arm um seinen Freund und drückte ihn fest an sich. »Hast du dich all die Sachen nicht auch gefragt?«

»Schon. Aber ich bin viel zu sehr angefixt von der Möglichkeit, gegen den Parasiten vorzugehen. Überleg doch mal, Coop. Wir könnten dabei helfen, die restlichen Menschen zu retten. Es würde nicht mehr nur ums Überleben gehen, unser Leben hätte einen richtigen Sinn.«

Cooper drehte den Kopf und suchte nach Ticos Blick. Eigentlich wollte er ihn fragen, ob es bisher keinen Lebenssinn für ihn gegeben hatte. Ihm wurde aber klar, dass er das schon für sich selbst nicht so eindeutig beantworten konnte. Für ihn war es immer wichtig gewesen, mit Tico zusammen zu sein, ob nun als Freunde oder als Paar. Seine Zukunft hatte er sich stets mit ihm vorgestellt, bereits vor dem Auftauchen der Locos. Er wollte mit ihm alt werden. War das auch ein Lebenssinn? Oder brauchte ein Mensch mehr als das?

Tico stützte sich auf den Unterarm und blickte aus seinen nussbraunen Augen auf ihn herab. »Hab' ich was Falsches gesagt?«

»Ich ... habe nur über den Sinn des Lebens nachgedacht. Du hast schon recht, wenn man jeden Tag nur überlebt und nie weiß, ob man den nächsten auch noch schafft ... wird man wohl genügsam. Mir würde es reichen, mit dir auf dieser Yacht zu leben und ein paar Momente des Glücks zu erhaschen, bis unsere Zeit gekommen ist. Gleichzeitig aber auch nicht. Ich will nicht, dass wir so früh sterben.

Und noch weniger, wenn es nur einer von uns ist und der andere mit dem Verlust klarkommen muss.«

Tico beugte sich zu ihm herunter. »Das möchte ich auch nicht«, hauchte er gegen seine Lippen, bevor er ihn in einen gefühlvollen Kuss verwickelte.

Am liebsten hätte Cooper ihn nun auf seinen Schoß gezogen und nicht so artige Dinge mit ihm angestellt. Aber zum einen wusste er nicht, wie plötzlich jemand durch diese Tür kommen konnte und ob es Kameras gab, und zum anderen waren sie beide verletzt. Tico wirkte zwar recht fit, aber Cooper schossen schwindelerregende Schmerzen durch die gesamte linke Körperhälfte, sobald er sich bewegte.

»Ich weiß, dass ich die ganze Arbeit machen müsste, und das wäre okay für mich«, flüsterte Tico grinsend, als hätte er seine Gedanken gelesen, nachdem er den Kuss gelöst hatte und ihn wieder ansah.

»Aber wenn jemand reinkommt ...«, sprach Cooper halbherzig seine Sorgen aus. »Und die Anstrengungen ... du bist doch auch verletzt. So eine Schusswunde ist nicht so einfach abzuschütteln. Was, wenn die Wunde ...«

Tico erhob sich mit hochgezogenen Augenbrauen und rutschte aus dem Bett. »Na schön ...«, sagte er mit neckendem Unterton. »Wenn du unser Überleben nicht feiern möchtest ...«

»Warte!«, bettelte Cooper und musste über sich selbst lachen. »Komm wieder her.«

Tico grinste breit. »Sie sollen sich sowieso besser schnell daran gewöhnen, dass wir kaum zu trennen sind.«

Cooper beobachtete gebannt, wie sich sein Freund seiner Kleidung entledigte, und half dann so gut wie möglich dabei, seine eigenen Shorts loszuwerden. Erst danach schlüpfte Tico langsam und vorsichtig zu ihm unter die Decke und wanderte mit der Hand zu seiner Körpermitte. Eigentlich fühlte sich Cooper schon absolut bereit, aber der Körper hielt bei solchen Gefühlen nicht immer Schritt, also half Tico etwas nach, bis sie endlich miteinander schlafen konnten. So umsichtig und langsam hatten sie sich bisher nicht geliebt. Mehrmals hielten sie inne, damit sich ihr Puls wieder beruhigen konnte, und fragten einander, ob noch alles okay war. Cooper fand das wunderschön, auch wenn ihn die Begierde halb verrückt machte und er sich wünschte, seinen Freund mehr berühren und liebkosen zu können. Doch so war dieses Erlebnis auch besonders intensiv.

Einmal noch beugte sich Tico zu ihm hinunter und küsste ihn sanft. »Ist es okay, wenn ich das Tempo jetzt anziehe? Ich ... halt' es echt nicht mehr aus«, murmelte er und blickte ihn aus halb geöffneten Augen an.

Cooper konnte nur zustimmend brummen, weil er selbst jegliche Willenskraft aufbringen musste, um sich unter Kontrolle zu halten. Er ließ den Kopf wieder in die Kissen sinken und schloss genießend die Augen, als Tico seinen Rhythmus anpasste und für einen angenehmen Schauer nach dem anderen sorgte. Das Ruckeln schmerzte in der Schulter, aber es war auszuhalten. Viel mehr dominierten die guten Gefühle, die Tico ihm bescherte. Weil sie es vorweg so langsam angegangen hatten, fehlte nur noch ein kleiner Kick bis zum Finale. Cooper unterdrückte ein lautes Stöhnen und krallte sich mit der Hand fieberhaft im Bettlaken fest. Tico sackte wenig später neben ihm zusammen und bettete sein Gesicht auf Coopers Brust. Es war sehr passend, dass ihre Verletzungen an der Schulter der gegensätzlichen Seite waren und sie sich so aneinander kuscheln konnten. Irgendwie gelang es ihnen noch, die Decke über sich zu legen, und dann fiel Cooper erschöpft, aber glücklich in einen tiefen Schlummer.

Surprise!

Während es Tico jeden Tag etwas besser ging, war Cooper noch eine ganze Weile ans Bett gebunden. Es war immer dieselbe Ärztin, die nach ihnen sah und sich mit dem Namen Mariola vorgestellt hatte. Sie verbarg ihre fürsorgliche Art unter einem strengen Blick und einer fachkundigen und wenig empathischen Untersuchungsart. Cooper wollte ja keine Mimose sein, aber sie war echt ruppig, wenn sie den Verband wechselte, sodass er vor Schmerz mehr als einmal das Gesicht verzog. Wenigstens hatte er inzwischen mal einen Blick auf die Wunde geworfen. Sie war kleiner als gedacht. In seiner Vorstellung war die Klaue schon zur Gänze in ihm versenkt gewesen, aber dann wäre wohl sein halber Brustkorb explodiert und er definitiv nicht mehr am Leben. Lediglich die Krallen hatten sich ihren Weg tief in sein Fleisch gegraben und dort ein Stück herausgerupft, sodass drei kleinere Löcher entstanden waren, die nun laut Mariola geklammert waren und heilten.

Bei Tico hatte es sich um einen glatten Durchschuss gehandelt, ihm war also wenigstens das Pulen nach der Kugel erspart geblieben. Aber auch das hinterlassene Trauma im Körper hatte es in sich. Sie beide schwammen in Antibiotika, damit eine Infektion keine Chance hatte. Mariola betonte immer wieder, dass sie draußen definitiv gestorben wären und sie Glück hatten, hierhergebracht worden zu sein. So richtig begeistert, ihre wertvollen Ressourcen mit zwei Fremden teilen zu müssen, wirkte sie nicht. Aber auch das verstand Cooper. Operationsvorrichtungen, Strom, Medikamente, eine sterile Umgebung ... das alles war in der Welt praktisch nicht mehr vorhanden. Jede Verletzung war ein Glücksspiel und manches kaum behandelbar. Wieder regte sich der Wunsch in ihm, diesen Ort für die Allgemeinheit zugänglich zu machen. Aber schon nach wenigen Tagen wäre wohl alles aufgebraucht, das wusste er. Wenn sie wirklich an einer Möglichkeit arbeiteten, gegen den Parasiten vorzugehen, brauchten sie den Kram selber, um lang genug durchzuhalten. Trotzdem kam es ihm einfach unfair vor, dass oben so viele starben und es hier unten so eine gute Versorgung gab.

Doch solche Gedanken schüttelte er weitestgehend ab. Er hielt es kaum noch aus, im Bett herumzuliegen, und war froh, als sein Körper es ihm endlich erlaubte, sich zumindest mehr aufzusetzen und irgendwann sogar aufzustehen.

Tico war die ganze Zeit an seiner Seite geblieben, auch wenn Cooper ihm gesagt hatte, er könne ruhig schon ein bisschen die Anlage erkunden und versuchen, mehr herauszufinden. Das wollte dieser aber lieber mit ihm gemeinsam tun und ihn nicht aus den Augen lassen. Sie hatten beide noch nicht ganz verwunden, den anderen beinah verloren zu haben. Die Ereignisse würden definitiv eine Weile nachwirken, wenn nicht sogar für immer. Cooper sah oft Ticos leblosen Körper vor sich, sobald er die Lider schloss. Oder den Loco, dem er gegenübergestanden hatte, und dessen infernalisch leuchtende Augen.

Als Mariola das nächste Mal kam, um ihre Patienten zu sehen, lächelte sie zufrieden. »Endlich seid ihr mobil. Ich werde mal Flint holen, er kann es kaum erwarten, euch durch den Bunker zu führen.«

Cooper war sich nicht sicher, ob er so eine Tour durchstehen würde, aber die Ärztin wartete nicht mal irgendeine Form der Zustimmung ab.

»Wenn du eine Pause brauchst, machen wir eine«, sagte Tico, der neben ihm stand. Die letzten Minuten waren sie nur ein bisschen im Zimmer auf- und abgegangen.

»Ich lege mich dann einfach auf den Boden und stehe nie wieder auf.« Cooper gelang ein kleines Lächeln. Diese Blöße würde er sich definitiv nicht geben.

»Was sagen wir Flint denn, wenn er uns nach unserer Entscheidung fragt? Du weißt, ich würde gern hierbleiben, aber falls es dein Wunsch ist, diesen Ort zu verlassen, komme ich mit.« Tico stellte sich nun mit aufmerksamem Blick vor ihn.

»Könntest du hier wirklich glücklich werden? Du hast gehört, sie verlassen den Bunker so gut wie nie. Wir wären wohl auf ewig hier eingeschlossen.

Ich bin ja deiner Meinung, wenn es darum geht, den Parasiten unschädlich zu machen. Aber das Gefühl, lebendig begraben zu sein, ertrage ich wirklich nicht gut.«

Tico nickte langsam. »Ja, ich weiß. Und dieses Gefühl beschleicht mich ebenfalls. Vielleicht ist ein Kompromiss mit ihnen möglich. Zumindest damit, einen lebenden Loco zu fangen, können wir doch helfen? Und dabei schauen wir, wie gut oder schlecht die Zusammenarbeit mit ihnen klappt. So zögern wir die Entscheidung noch ein bisschen heraus und tragen trotzdem unseren Teil bei.«

Das würde ein kompliziertes Unterfangen darstellen und eine erneute Gefahr für sie beide. Einen einzelnen Loco zu finden, war enorm schwierig, und Cooper würde wetten, sobald sie es drauf anlegten, würden sie ewig kein Glück haben. Die Biester tauchten eher auf, wenn man sie gar nicht brauchte, und dann auch noch meist im Rudel. Aber während er so darüber nachdachte, kam ihm eine ganz andere Idee. »Wir könnten ihnen auch sagen, dass sie nicht mehr selber jagen brauchen. Sie sagten doch, sie hätten funktionierenden Funk, also können wir uns gegenseitig kontaktieren. Wenn wir die Gelegenheit haben, einen einzelnen Loco für sie praktisch zur Abholung zurückzulassen ... damit wäre ihnen vielleicht auch schon geholfen.«

Ticos Gesicht erhellte sich vor Begeisterung. »Stimmt! Wir könnten helfen, obwohl wir an der Oberfläche unser eigenes Leben führen. Auf unserer Yacht. Mit dem schönsten Ausblick der Welt.«

Sie hatten erst eine Woche dort gewohnt, aber auch Cooper teilte dieses massive Heimweh. Er betete, dass ihr Ruderboot noch da war und niemand das Schiff okkupiert hatte.

Die Tür wurde geöffnet, und Flint kam ins Zimmer. »Worüber freut ihr euch denn so? Die Tour? Erwartet nicht zu viel, der Bunker ist kleiner, als ihr glaubt.«

»Es geht um einen Vorschlag, den wir dir nachher unterbreiten möchten«, erwiderte Tico und nahm Cooper an der Hand.

Der Anführer nickte und winkte die beiden zu sich. »Nach der Führung reden wir.«

Und damit ging es los. Sie befanden sich nicht wie gedacht mitten auf der Krankenstation, sondern im Trakt der Schlafgemächer. Mariola war immer extra hierhergekommen, um nach ihnen zu sehen, und hatte die Utensilien mitgebracht. Krankenflügel und Forschungsräume waren in einem separaten Bereich, den Cooper und Tico auch nur von außen betrachten durften. Genau genommen die Tür, die hineinführte.

»Uns ist der Eintritt wirklich nicht gestattet?«, fragte Tico hörbar enttäuscht.

»Nur das Forschungspersonal und ich haben Zutritt. Meine Soldaten lediglich, wenn Gefahr im Verzug ist. Es soll möglichst steril bleiben, weswegen die Wissenschaftler drinnen Schutzanzüge tragen.« Flint lächelte entschuldigend und brachte die beiden in den nächsten Abschnitt des Bunkers. Hier befanden sich die Waffenkammer und ein Schießstand, welche sie begutachten durften, allerdings nur einmalig. »Solang nicht sicher ist, ob ihr bleibt, kann ich euch schwerlich Zugang gewähren.«

»Wir haben selbst Waffen, falls du dich vor einem Übergriff durch uns fürchtest«, warf Cooper ein.

»Nein, darum geht es nicht. Wir vertrauen euch, versteht das nicht falsch. Aber dieser Ort ist eben den Soldaten und ihrer Ausbildung vorbehalten. Euch hier reinzulassen, macht nur Sinn, wenn ihr euch uns anschließt.«

Tico ließ Coopers Hand los und holte zu Flint auf, der ein Stück vor ihnen lief. »Müssen wir eigentlich Soldaten werden oder könnte einer von uns die Wissenschaftsausbildung einschlagen? Die brauchen doch bestimmt auch Nachwuchs.«

Flint lachte leise. »Da hast du recht. Wenn einer von euch eine gewisse Affinität mitbringt, warum nicht?«

Coopers Magen krampfte sich zusammen. Sie waren sich eben einig gewesen, was sie vorschlagen wollten, um sich nicht anschließen zu müssen. Doch Tico schien nicht mehr so sehr davon überzeugt zu sein und unbedingt einen Blick auf die Forschungen werfen zu wollen. Cooper verstand das wirklich, aber es sorgte auch für Angst in ihm, dass sie in zwei unterschiedliche Richtungen drifteten. Könnte er sich damit anfreunden, hier unten zu bleiben, wenn sich Tico noch von Flint überzeugen ließ?

Cooper wurde aus seinen Gedanken gerissen, als sie vor einer weiteren schweren Eisentür stehen blieben und der Ältere sich zu ihnen umdrehte. »Das ist der letzte Bereich – die Gemeinschaftsräume. Küche, Essenssaal und ein Areal mit allerlei Kram, der zur Unterhaltung dient. Die Zeiten dort sind strikt aufgeteilt, ihr müsstet euch eintragen und mit den anderen abwechseln. Wir leben hier wie gesagt mit zwanzig Leuten ... ihr werdet sie gleich alle auf einmal kennenlernen. Ich hab' sie nämlich gebeten, sich für ein gemeinsames Mahl an der Tafel einzufinden.«

Cooper hatte sich schon gefragt, wo die anderen waren, und nun fühlte er eine gewisse Aufregung. Er war nicht gut darin, neue Leute kennenzulernen und Smalltalk zu halten. Das hatte eher Tico drauf, der auch wesentlich erfreuter aussah. Immer mehr beschlich Cooper das Gefühl, seinen Freund an diesen Ort zu verlieren, und das machte ihn wahnsinnig.

Flint hielt die Tür für sie auf und folgte ihnen nach drinnen, um den Aufenthaltsraum zu zeigen, wo es wirklich eine Menge Kram gab, den Cooper geglaubt hatte, nie wieder zu sehen oder damit agieren zu können. Fernseher, Spielekonsolen, Brettspiele, eine ganze Wand voller Bücher, eine Staffelei und Farben sowie Stift und Papier zum Zeichnen. Ein Teil von ihm wollte sich sofort auf das alles stürzen, doch Flint ließ ihnen keine Möglichkeit dazu, sondern winkte sie weiter in Richtung Speisesaal.

Kurz bevor sie einkehrten, ergriff Tico seine Hand. Den Seitenblick, den er ihm schenkte, konnte Cooper nur erahnen, denn er sah strikt geradeaus und nahm bereits die neunzehn Menschen wahr, die hier standen. So viele neue Gesichter, einige erkannte er vage und zählte sie gedanklich zu den Soldaten am Strand. An einer Person blieb er allerdings hängen und riss die Augen auf. Tico drückte seine Hand im selben Moment deutlich fester.

»Elvy?«, fragten sie fast zeitgleich.

Flint runzelte die Stirn. »Ihr kennt euch? Das … sollte eigentlich nicht möglich sein.« Fragend sah er zu der Blonden, die nun einen weißen Kittel über ihren flippigen Klamotten trug, diese aber nicht zu verstecken vermochte.

Elvy stand die Verwirrung ins Gesicht geschrieben, und eine leichte Röte verfärbte ihre Wangen. »Ich habe die beiden noch nie gesehen.« Es war eindeutig ihre Stimme, auch wenn sie nicht so gut gelaunt und locker klang wie sonst. Ihr Blick schweifte von Flint zu Cooper. »Sicher verwechselt ihr mich mit jemandem. Ich habe kein einziges Mal diesen Bunker verlassen.«

»Niemals verwechseln wir dich! Du trägst sogar dieselbe Kleidung wie bei unserem ersten Aufeinandertreffen«, hielt Tico dagegen.

Cooper wurde auf einmal einiges klar, weswegen er seinen Freund hinter sich schob, um ihn zu schützen. »Wir haben dir von dem Strand erzählt. Du hast einen Blick auf unsere Karte und Markierungen erhascht. Und als wir ein paar Stunden nach dir aufgebrochen sind, standen deine Freunde schon bereit, um auf uns zu warten.« Er nickte zu den Soldaten und ließ dabei den Blick über alle

Gesichter schweifen. Die Mimik der meisten grenzte an Verwirrung, aber auch Wachsamkeit und viele Fragezeichen waren zu sehen.

Elvy schüttelte vehement den Kopf und wandte sich wieder an Flint. »Ich schwöre es, ich kenne sie nicht. Sag ihnen, was ihr draußen erledigt habt, dann erkennen sie, dass ich nichts damit zu tun habe.«

Der Anführer mahlte mit den Kiefern und hatte innerhalb von Sekunden jegliche militärische Strenge und Präsenz angenommen. Cooper fand es interessant, wie schnell er zwischen zwei Persönlichkeiten wechseln konnte, aber als Soldat musste man das wohl.

»Wenn wir rausgehen, suchen wir noch nicht besuchte Gebiete in Rastern ab. Den Strand hatten wir bisher ausgespart, er ist zum einen sehr weit entfernt und zum anderen zu offen. Wir wollen immerhin nicht entdeckt werden, egal von wem. Diesmal sind wir hingegangen und haben Spuren der Parasitträger registriert. Eigentlich war der Plan, Fallen aufzustellen, aber dann seid ihr gekommen. Der Rest der Geschichte ist euch bekannt.« Flint verschränkte die Arme vor der Brust. »Elvy ist eine der Wissenschaftlerinnen. Wenn sie draußen war, wüsste ich das. Also verwechselt ihr sie wirklich. Können wir das Thema hinter uns lassen und gemeinsam essen?« Er wies auf den Tisch, der gedeckt war, wie Cooper jetzt erst bemerkte.

Tico trat neben ihn, und es reichte ein Blick in seine Augen, um zu erkennen, dass er dieser Story ebenso wenig glaubte wie Cooper. Aber was hatten sie für Möglichkeiten? Weiter mit dem Finger aufeinander zeigen und einen Streit provozieren? Sie waren ganz klar unterlegen. Die Soldaten hatten sie in der Hand. Cooper fiel auf, dass Flint ihnen auch nicht den Ausgang gezeigt hatte. Fieberhaft ging er in Gedanken durch, ob es irgendwo eine Abzweigung oder eine Tür gegeben hatte, die er ausgespart hatte. Doch es fiel ihm nichts ein. Er und Tico mussten sich selbst noch mal alles ansehen, bevor sie an eine Flucht auch nur denken konnten.

Also blieb für den Moment nur, gute Miene zum bösen Spiel zu machen. Cooper nickte knapp und näherte sich einem der Stühle, wobei er Tico mit sich zog, damit sie nebeneinandersitzen und nicht getrennt werden würden. Von einer ausgelassenen Stimmung konnte man in der folgenden Stunde nicht sprechen. Die Alteingesessenen bemühten sich um Konversation untereinander und bezogen auch die beiden Neuankömmlinge mit ein. Cooper gelang es nicht, seine Grübeleien und das Misstrauen abzustellen, und antwortete einsilbig, während Tico auf die Gespräche einging und die anderen sogar hin und wieder zum Lachen brachte. Das gab Cooper wenigstens die Möglichkeit, Elvy zu betrachten, deren Augenmerk ebenso häufig ihm galt. Ertappt sah sie weg, sobald sich ihre Blicke trafen. Sie hatte zweifelsohne etwas zu verbergen. Wenn sie nicht gerade eine Zwillingsschwester hatte, dann war sie es definitiv. Und der Name schien sogar zu stimmen, denn weder sie noch Flint hatten ihn korrigiert. Auch nicht, als eben alle vor-

gestellt worden waren. Das waren doch zu viele
Zufälle. Sie musste es sein.

Nach dem Essen verabschiedeten sich die anderen, um ihre Arbeiten wieder aufzunehmen. Cooper
hatte nicht übel Lust, Elvy nachzustellen und zu
einem Gespräch unter vier Augen zu zwingen, aber
sicher standen sie nun unter Beobachtung. Vielleicht ergab sich ein andermal die Gelegenheit.

Flint brachte sie zurück in ihr Zimmer und blieb
dann abwartend im Raum stehen. »Ihr wolltet mir
noch einen Vorschlag unterbreiten.«

Cooper hätte ihn am liebsten rausgeworfen, doch
er fasste in knappen Worten zusammen, wie die
Idee, von oben zu helfen, aussehen könnte.

»Ihr wollt also nicht hierbleiben?«, vergewisserte
sich Flint.

Es war Tico, der mit einer Entschlossenheit antwortete, die jegliche Zweifel an seiner Meinung im
Keim erstickte: »Nein, wollen wir nicht. Das ist die
einzige Möglichkeit, mit der wir leben könnten, um
euch zu helfen. Wenn du ehrlich bist, ist sie nicht so
schlecht. Eure Chancen, lebendige Proben aufzu-
treiben, ist gleich null. Und ihr müsstet nicht mal
euren Standort verraten.«

»Ich werde das mit den anderen besprechen.«
Flint nickte ihnen noch mal zu und verließ den
Raum.

»Tico ... das war sie doch definitiv. Sag mir, dass
ich nicht verrückt werde«, flüsterte Cooper und
setzte sich kraftlos auf das Bett. Ob sie abgehört
wurden? Paranoia war ein schreckliches Gefühl,
aber an diesem Ort wuchs es ins Unermessliche.

Sein Freund ließ sich neben ihm nieder. »Sie war es! Und ich habe keine Ahnung, was hier vor sich geht, warum sie lügen sollte und ob Flint die Wahrheit gesagt hat. Du hast nämlich recht, das sind einfach zu viele Zufälle.«

Cooper atmete tief durch und ließ sich vorsichtig nach hinten auf das Bett fallen, wobei er den Arm ausstreckte, damit Tico zu ihm kommen konnte. So lagen und saßen sie halb, aber auch das war irgendwie gemütlich. »Manchmal muss ich an die Scheune zurückdenken und was wir da Greedy für einen kindischen Streich spielen wollten. So fühle ich mich gar nicht mehr. Eher, als wäre ich innerlich und äußerlich um Jahrzehnte gealtert.«

»So geht es mir auch«, verriet Tico.

Daraufhin lachte Cooper leise. »Dabei bist du immer noch so ein gut gelaunter Wirbelwind. Meistens jedenfalls.«

»Irgendwer muss ja deinen ganzen Pessimismus ausgleichen«, erwiderte Tico und drehte sich, um Cooper besser ansehen zu können. »Wir wachsen zusammen. Also ... ein gutes Team waren wir schon immer. Aber ich glaub’, das Paarsein schaffen wir auch ganz gut.«

Cooper lächelte glücklich und drückte seinem Freund einen Kuss auf die Wange. »Auf jeden Fall.« Seine Gedanken von vorhin fielen ihm ein, was seinen Blick wieder ernster werden ließ. »Ich hab’ echt kurz gedacht, du willst doch hierbleiben.«

»Weil ich gefragt hab’, ob man auch die Wissenschaftsausbildung machen kann? Tut mir leid ... aber das war gar nicht so gemeint. Es wäre mir komisch vorgekommen, wenn sie das verneint hätten. Falls ihnen ihre Mission wirklich so wichtig ist, brauchen sie doch vor allem in dem Bereich Nachfolger.«

»Stimmt ...« Cooper atmete auf. Er hatte die Absicht der Frage also missverstanden.

»Mach dir keine Sorgen. Ich hab' das alles im Griff.« Tico klopfte ihm halbherzig auf den Bauch, was Cooper zum Lachen brachte.

Schweigend lagen sie daraufhin nebeneinander, bis sich sein Freund erneut regte. »Was machen wir jetzt? Reden wir mal allein mit Elvy?«

»Würd' ich gern. Wenn sie uns lassen.«

»Ja ... blöd, dass sie eine der Wissenschaftlerinnen ist. Wir müssten sie schon gezielt abfangen, weil sie wohl den Tag über in dem Bereich abhängt, zu dem uns das Betreten untersagt ist.«

»So ist es. Und die ganze Zeit an dieser Tür herumzulungern, wäre ziemlich auffällig. Zumal ich mir jetzt ständig beobachtet vorkomme.«

Tico seufzte zustimmend. »Mittlerweile kann ich es genau wie du nicht mehr erwarten, hier rauszukommen. Wer weiß, ob irgendwas von dem stimmt, was sie uns erzählt haben.«

Cooper setzte sich auf und sah mit krauser Stirn auf seinen Freund herunter. »Nun werde du nicht auch noch so grüblerisch. Das ist meine Aufgabe, schon vergessen?«

»Jaja ... wenn man sie teilt, ist sie aber vielleicht nicht mehr ganz so nervig. Wie hältst du so ein ständiges Gedankenchaos nur aus?«

Da wurde Coopers Blick mild, und er lächelte

verliebt. »Dank dir, natürlich. Du hast eine beruhigende Wirkung auf mich.«

Tico setzte sich nun ebenfalls auf und grinste. »Dann mache ich meinen Job meistens nicht sehr gut.«

»O doch, das tust du ...«, raunte Cooper und beugte sich vor, um die Liebe seines Lebens zu küssen und alle Fragen und Probleme für die nächsten Stunden auszublenden.

Downfall

Es war dunkel im Zimmer, als Cooper aufwachte. Tico war wohl irgendwann aufgestanden, um das Licht auszumachen, damit sie in Ruhe weiterschlafen konnten. Seine Präsenz fehlte nun neben ihm, weswegen Cooper mit der Hand über die Matratze fuhr, in der Hoffnung, ihn doch zu finden.

Es brauchte einen Moment, bis sich seine Augen an die Dunkelheit gewöhnt hatten und der Schlaf genug abgeschüttelt war, dass er sich etwas besser umsehen konnte. Die Silhouette seines Freundes zeichnete sich am Fußende des Bettes ab, wo er vornübergebeugt saß. Irgendetwas daran versetzte Cooper in Unruhe. Warum hockte er da so? War er im Sitzen eingeschlafen?

»Tico?«, flüsterte er und richtete sich vorsichtig auf.

Ein leises Murmeln war die Antwort, das Cooper beim besten Willen nicht zu verstehen vermochte, also schwang er die Beine aus dem Bett und raste förmlich zum Lichtschalter. Panik rieselte wie messerscharfe Eiswürfel durch seinen Magen. Was er erwartete, wusste er nicht. Doch er war schon erleichtert, dass Tico dort nicht in seinem eigenen

Blut gebadet saß. Aber gut sah er definitiv nicht aus. Die Dreads hingen ihm wirr im Gesicht, er hielt sich scheinbar nur schwer in der sitzenden Position und war mit seinem Hintern schon halb von der Matratze gerutscht. Seine Mimik konnte Cooper so nicht erkennen, also hockte er sich vor ihn und nahm seinen Kopf vorsichtig in die Hände, um diesen anzuheben. Dabei merkte er schon, wie schweißnass Ticos Haut war. Fiebrig glänzende Augen sahen ihm entgegen. »Mir geht's nicht ... so gut, Coop.«

»Das seh' ich. Komm, ich helf' dir, dich hinzulegen.« Sorgenvoll bettete er seinen Freund auf die Matratze und deckte ihn gut zu. Hatten sie sich doch zu sehr angestrengt, dafür, dass sie noch verletzt waren? Kam das Fieber überhaupt durch die Schusswunde oder hatte sich Tico etwas anderes eingefangen? Cooper erinnerte sich nicht daran, dass sein Freund jemals krank gewesen war. Gut, sicher im Kindes- oder Jugendalter, aber als Erwachsener? Die Male konnte man an einer Hand abzählen. Während der herrschenden Apokalypse war es nicht ein einziges Mal vorgekommen. Bis jetzt.

»Ich hole Mariola.« Cooper gab Tico einen Kuss auf die Stirn. Eigentlich ließ er ihn nur widerwillig unbeobachtet zurück, aber es musste sein. Allein kam er mit dieser Situation nicht klar und konnte auch nicht warten, bis die Ärztin zu ihrer nächsten Visite vorbeikam.

Rasch warf sich Cooper seine Klamotten über und trat auf den Gang, wobei er leise die Tür hinter sich zuzog. Welche Tageszeit war gerade überhaupt? Hier verlor man absolut den Überblick. Cooper vermochte noch nicht einmal zu sagen, wie lang sie schon hier waren. Die Tage verschwammen miteinander. So vermochte er auch nicht festzumachen, ob Mariola jetzt in ihrem Schlafzimmer war oder in diesen verdammten abgeschotteten Laboren. Also hämmerte er einfach an jede Schlafzimmertür. Die meisten waren abgeschlossen oder die Zimmer dahinter leer. Hier wurde er nicht fündig. Als Nächstes eilte er zu den Gemeinschaftsräumen, wo er drei der Soldaten fand. Die Namen hatte er sich bisher nicht eingeprägt, aber wenigstens hastete einer von ihnen sogleich zu Flint, damit dieser Mariola Bescheid sagen konnte. Einigermaßen beruhigt machte sich Cooper zurück auf den Weg zu Tico, der glücklicherweise immer noch im Bett lag und nicht entführt worden war. Es waren die verrücktesten Szenarien, die sich Cooper inzwischen ausmalte, und die Sorgen, die gerade seine Seele zerfraßen, waren dabei nicht hilfreich. Warum waren sie nur so unvernünftig gewesen und hatten nicht mehr die Bettruhe gehalten? Und sich so viel aufgeregt? Hätte Cooper merken müssen, dass es Tico schlechter ging? Er hatte auch nichts gesagt. War vielleicht etwas zu erkennen gewesen, als sie vor einigen Stunden miteinander geschlafen hatten? War das zu doll gewesen? Verzweifelt rieb sich Cooper durch das Gesicht und damit ein paar der Tränen fort, die sich gerade aus seinen Augenwinkeln lösen wollten.

Endlich ging die Tür auf und Mariola kam herein.

Begleitet wurde sie von Flint und den Soldaten, der diesem Bescheid gegeben hatte.

»Ich muss ihn mit auf die Krankenstation nehmen«, verkündete sie.

»Dann komme ich mit. Ich lasse ihn ganz sicher nicht allein.«

»Es ist nur für einen Tag. Morgen seid ihr wieder zusammen, versprochen«, meinte Flint gutmütig und zog Cooper am Arm vom Bett hoch, um ihm auf die gesunde Schulter zu klopfen.

»Was macht ihr denn mit ihm? Medikamente kann er doch auch hier nehmen.« Cooper wurde weiter aus dem Weg geschoben, als der Soldat eine Liege hineinrollte und sie neben dem Bett platzierte. Gemeinsam mit Flint hievten sie den besinnungslosen Tico vorsichtig rüber und schoben ihn aus dem Zimmer. Es ging alles so schnell, dass Cooper gar nicht richtig reagieren konnte und nur fassungslos zusah.

»Ich muss erst mal herausfinden, was das Fieber auslöst. Die Instrumente dafür kann ich nicht hierherbringen. Mach dir keine Sorgen, Cooper. Sobald es etwas Neues gibt, sage ich dir Bescheid.« Mariola klang, als hätte sie solch empathischen Worte auswendig lernen müssen, und ihr anschließendes Lächeln wirkte nicht echt. Auch sie verschwand nun durch die Tür, und Cooper blieb allein zurück. Das war ein schreckliches Gefühl – nicht an Ticos Seite sein zu können und keine Ahnung zu haben, was gerade mit ihm passierte. Warum verweigerten sie ihm dies?

Abgekämpft ließ sich Cooper auf das Bett nieder

und versuchte, seine aufgeregte Atmung in den Griff zu bekommen, was kaum möglich zu sein schien. Sein kompletter Geist war in Aufruhr, seine Kehle war zugeschnürt und seine Magengegend inzwischen eine Eiswüste. Schon die Vorstellung, nun Stunden hier zu sitzen und zu warten, machte ihn vollkommen wahnsinnig. Unruhig sprang er also wieder auf und lief ziellos durch den Raum. Dabei fiel sein Blick auf ihre Rucksäcke und den Fitzel der Karte, der oben aus Ticos herausschaute. Mit zitternder Hand zog er sie heraus und faltete die Meeresregion auf. Mit dem Finger strich er über den Schriftzug dort. *Santuario* ... und das Herz. Ihre Zuflucht.

Nun bahnten sich doch die Tränen den Weg über Coopers Gesicht, und er machte sich nicht die Mühe, sie wegzuwischen. Er verstand überhaupt nicht mehr, was vor sich ging, und traute den Menschen hier kein Stück. Trotzdem hatte er sie Tico einfach mitnehmen lassen, statt ihn zu verteidigen. Was war er nur für ein Freund? Kurzerhand steckte er die Karte wieder zurück in den Rucksack und nahm stattdessen eine von Ticos Ninjatōs in die Hand. Beide konnte er wegen seiner Verletzung nicht benutzen, aber er sah hoffentlich mit nur einem Schwert bedrohlich genug aus. Er würde jetzt zum Krankenflügel gehen und dort so lang an die Tür hämmern, bis man ihn hineinließ und er bei Tico bleiben konnte.

Entschlossen ging er zur Tür und wollte hinausstürmen. Dabei wäre er fast in Elvy gelaufen, die vor ihm stand, die Hand so gehoben, als hatte sie gerade klopfen wollen.

Das nahm Cooper allen Wind aus den Segeln, und er ließ das Ninjatō sinken, während er einen Schritt zurücktrat. »Du?«

Elvy bugsierte ihn zurück in das Zimmer und trat die Tür mit dem Fuß zu. »Wir müssen reden!«

»Was du nicht sagst.«

Elvys Blick fiel auf das Ninjatō, wobei sie scharf die Luft einzog. »Was hast du damit vor? Du wolltest doch keinen Amoklauf starten? Hör zu, ich kann dir alles …«

Mit einer bestimmten Geste schnitt Cooper ihr das Wort ab. »Auf die Erklärung bin ich wirklich gespannt. Aber ich muss in eure hochgeliebten Labore. Tico ist dort, und sie wollten mich nicht mitgehen lassen.«

Elvy wurde ganz blass um die Nase. »Sie haben ihn in den Forschungsflügel gebracht? Das ist nicht gut.« Sie setzte sich auf das Bett und vergrub das Gesicht in den Händen.

Unschlüssig beobachtete Cooper sie. In ihm brannte immer noch der Wunsch, sofort an Ticos Seite zu eilen, aber Elvys Gebaren machten ihn nervös. Vielleicht sollte er sich doch zuerst anhören, was sie zu sagen hatte. Also stellte er das Ninjatō wieder neben Ticos Rucksack und ließ sich der Frau gegenüber auf dem zweiten Bett nieder. »Rede mit mir!«

Elvy schniefte und sah tapfer zu ihm auf. »Es tut mir leid, dass ich gelogen habe, sowohl hier als auch in der Höhle. Flint achtet mit Argusaugen darauf, dass niemand von uns den Bunker verlässt. Aber ich halte es hier einfach nie besonders lang aus, also hab' ich schon vor Ewigkeiten einen geheimen Weg raus gefunden. Durch die Luftschächte. Einer führt vor die Schleuse ins Freie. Den ... wollte ich euch jetzt eigentlich zeigen.«

Cooper kniff die Augen zusammen. »Du willst uns helfen, zu fliehen? Wie soll ich dir noch ein Wort glauben? Ich wette, du hast Flint vom Strand erzählt und dass er uns dort auflauern kann. Warum?«

»Das habe ich wirklich nicht getan, ich würde niemals Unschuldige an diesen Ort führen. Was Flint und seine Soldaten tun, ist das eine, aber ... ich möchte eigentlich einfach nur hier weg und nichts mehr mit all dem zu tun haben.«

»Das verstehe ich nicht. Ihr wollt doch den Parasiten unschädlich machen. Ist das nicht euer Ziel?« Coopers Verwirrtheit wuchs immer mehr.

Elvy straffte die Schultern und verbannte jegliche Schuldgefühle aus ihrem Blick. Nun strahlte sie eher etwas Warnendes aus. »Ich erzähle dir jetzt die Wahrheit über das Militär und den Parasiten. *Erlösung,* wie er zu Beginn der Studien genannt wurde.«

Erlösung? So ein Name passte überhaupt nicht zu diesem Konstrukteur der Superkiller. Cooper hielt unvermittelt die Luft an, weil er das Gefühl hatte, nun etwas Wichtiges zu erfahren. Ob er es Elvy glauben konnte, wusste er nicht, aber im Grunde traute er ihr noch am meisten von den Bunkerbewohnern. Ihre Reue schien zudem echt zu sein, wenn sie nicht gerade eine extrem gute Schauspielerin war.

»Das Militär hat den Parasiten also zu verantworten?«, schlussfolgerte Cooper.

»So ist es. Er sollte nur auf dem Schlachtfeld eingesetzt werden, damit die gegnerischen Reihen rasch schrumpfen und die Toten auch eine Aufgabe erfüllen können – und die Seiten wechseln. Ursprünglich war geplant, die entstandenen Kreaturen mittels Laser oder Ähnlichem zu steuern, zu befehligen und sie nach der Schlacht in den Frieden des endgültigen Sterbens zu entlassen. Ab einem bestimmten Punkt der Entwicklung wurde der Parasit an Probanden getestet. Erst an Leichen, die eines natürlichen Todes gestorben waren. Dabei wurde bemerkt, dass der Todeseintritt nicht so lang her sein durfte. Ab da wurde es ethisch ... fragwürdig.«

Cooper schnaubte. Alles davon klang ethisch fragwürdig.

Elvy fuhr unbeirrt fort: »Das Militär hat zum Tode verurteilte Verbrecher zu Testzwecken erhalten. Die Euphorie nach der ersten erfolgreichen Umwandlung war natürlich riesig – hielt aber nicht lang an.«

»Lass mich raten, die Kreatur ließ sich nicht kontrollieren?« Cooper fasste sich an den Kopf, denn ihn regte diese Neigung der Menschheit, Gott zu spielen, einfach nur auf. Alles an diesem Vorhaben klang verkehrt. Wie hatte man nur glauben können, in der Lage zu sein, so einen grausamen Parasiten in Schach zu halten?

»Ja. Die Forschungsbasis fiel innerhalb von Minuten, und von dort aus zog die erste Horde los, um ...« Elvy ließ die Schultern hängen. Sie musste auch nicht weitersprechen – jeder wusste, was passiert und wie rasend schnell die Welt ins Chaos gestürzt war. Eigentlich stellte es ein Wunder dar, dass es überhaupt noch Überlebende gab.

»Und die anderen Militärbasen, von denen Flint uns erzählt hat? Seid ihr wirklich die letzte?«, wollte Cooper wissen, der Schwierigkeiten hatte, die ganzen Informationen zu verdauen.

»Es antwortet uns niemand mehr. Vielleicht sind sie überrannt worden. Dass das Militär gleich von Anfang an von der Bildfläche verschwunden ist, hat bestimmt etwas zu bedeuten. Aber zu hundert Prozent sicher können wir uns natürlich nicht sein.«

Gruselige Vorstellung, dass es noch mehr unterirdische Labore und Kasernen gab, in denen der Parasit gelagert war oder sich unaussprechliche Szenen bei schiefgelaufenen Experimenten abgespielt hatten. So genau wollte Cooper vielleicht doch nicht wissen, was geschehen war. »Okay ... also ist das Militär schuld an allem. So weit, so gut. Arbeitet ihr denn trotzdem an einer Möglichkeit, die Ausbreitung dieser *Erlösung* einzudämmen?«

Elvy rutschte auf dem Bett herum, als wäre ihr die Frage unangenehm. »Ja. Allerdings stellt nicht das Auftreiben lebendiger Proben das Problem dar.«

»Sondern?« Cooper dachte nicht, das Eis in seinem Magen könnte noch tiefer schneiden, aber gerade tat es das.

»Wenn du dir die Kreaturen anschaust, wirst du dir schon denken können, dass sie nicht zu retten sind. Eine Rückwandlung ist nicht möglich. Aber vielleicht können wir verhindern, dass sich neue Leichen wandeln, indem der eindringende Parasit vom injizierten Stoff unschädlich gemacht wird. Nun fehlen uns allerdings ... die Probanden. Jemand von uns kam nicht infrage. Deswegen ... waren Flint und die anderen draußen. Sie sollten ein paar Menschen aufgabeln und herbringen. Ich hab' ja nicht gedacht, dass es ausgerechnet euch trifft ...« Elvy rang sichtlich um Fassung und wischte sich mit dem Ärmel über die Augen.

Cooper sprang auf und packte sie an der Schulter. »Was heißt das? Was machen sie mit Tico?« Eigentlich lag die Antwort nah, doch sein Geist wollte sie nicht akzeptieren. Er musste sie wohl hören.

Elvy blickte ihn nicht an und wehrte sich auch nicht gegen sein hartes Anpacken. »Sie werden ihm den Stoff spritzen, ihn dann ... umbringen und anschließend den Parasiten einführen. Um zu schauen, ob alles so klappt, wie wir uns das vorstellen.«

Mit aufgerissenen Augen stolperte Cooper zurück und war für einen Moment nicht fähig, irgendeinen klaren Gedanken zu fassen. Sie hatten durch ihr Gespräch so viel Zeit verloren. Und ihn überfielen noch tausend weitere Fragen, die er unbedingt stellen wollte, aber nicht jetzt. Ein Später würde es jedoch vermutlich nicht geben. »Du bringst mich sofort zu ihm. Vielleicht kann ich das noch verhindern.«

»Cooper, ich verstehe, dass du aufgebracht bist. Aber es ist die einzige Möglichkeit, die Sache zu testen und weitere Umwandlungen zu vereiteln.«

Er nahm das Ninjatō wieder auf. »Was meinst du, wie wenige Menschen es noch gibt und wie viele Millionen Locos? Wir sind schon die Verlierer in dieser Sache. Wenn eine richtige Heilung unmöglich ist, wird sich dieser Kreislauf niemals durchbrechen lassen. Das Morden geht weiter, und da ist es ganz egal, ob die Armee der Locos Zuwachs bekommt oder nicht. Vielleicht hättet ihr lieber an der Kontrollmöglichkeit arbeiten sollen, um sie von Siedlungen und Menschen fernzuhalten. Damit alle friedlich leben können. Dafür müsste auch niemand sterben.«

Elvy schwieg und sah weiter betroffen zu Boden, weswegen sich Cooper genötigt sah, sie unter der Schulter zu packen und auf die Füße zu ziehen. »Bring mich jetzt sofort zu ihm!«

Nun tat sie endlich wie geheißen und ging voran zum Forschungsflügel. Glücklicherweise begegnete ihnen bis hierher niemand. Vor einen Sensor hielt sie eine Karte, was eine hörbare Entriegelung auslöste. Hier blieben sie in einer Art Quarantäneschleuse stehen, in der ein paar Schutzanzüge hingen.

»Ich helfe dir, einen anzuziehen«, meinte Elvy.

»Keine Zeit!« Cooper bugsierte sie weiter zum Ende der Schleuse. Die Soldaten würden sich bestimmt ebenfalls nicht erst umziehen, wenn hier Gefahr in Verzug war.

So eingeschüchtert wie Elvy wirkte, machte sie auch jetzt keine Anstalten, sich durchsetzen zu wollen, und stapfte weiter zu dem anschließenden Korridor, von dem mehrere Türen abgingen. Eine davon stand offen und führte zu einem großen Raum, in dem sich Operationstische befanden sowie medizinische Gerätschaften und allerhand Zeug, das futuristisch aussah und Cooper nicht wirklich zuordnen konnte. Ohnehin hielt er sich nicht lang mit der Musterung auf, da sein Blick sehr schnell auf Tico fiel, der regungslos auf einem der Tische lag. Mariola führte gerade eine Nadel in seinen Arm und drückte den Spritzenstempel langsam durch. Coopers Herz verkrampfte sich, und er schnappte hörbar nach Luft. Waren sie zu spät? Bei welcher Stufe des Prozederes befanden sie sich gerade?

Flint wirbelte mit der Waffe im Anschlag herum. Er und Mariola trugen brav ihre gelben Schutzanzüge, was die Szenerie aber nur grotesker gestaltete. »Elvy ... ich hab' mir schon gedacht, dass du doch mit den beiden befreundet bist. Darüber wollte ich noch mit dir reden. Dass du ihn hierherbringst, ist allerdings unverzeihlich.«

»Und sowieso zu spät«, warf Mariola ein und zog die Spritze aus der Haut. »Prozedur abgeschlossen. Jetzt heißt es, warten.«

Die beiden traten einen Schritt zurück, während sich Cooper fühlte, als hätte man ihm einen Pott Lava über den Rücken gekippt. So heiß war der Schauer des Schocks, der ihn gerade peinigte. Sie hatten Tico schon umgebracht? Er war tot? Und jetzt wütete der Parasit in ihm? Es war Cooper so was von egal, wenn er gleich getötet wurde. Ohne zu zögern, schoss er auf seinen Freund zu und nahm sein Gesicht in die Hände. Er konnte nicht glauben, was hier gerade passierte. Das war doch alles ein furchtbarer Traum, aus dem er jede Sekunde erwachen würde.

»Tico ...« Eigentlich hatte er ihn laut rufen wollen, damit er zu ihm zurückfand. So wie seine Stimme ihm den Weg aus dem Delirium gezeigt hatte. Aber er bekam nur ein klägliches Wimmern heraus. Heiße Tränen fluteten seine Wangen.

»Normalerweise wäre die Umwandlung zum Parasitträger schon abgeschlossen.«

»Das ist ein gutes Zeichen. Es scheint zu funktionieren.«

»Vielleicht wurde er aber nur in einen Schlaf versetzt. Ich werde den Probanden sezieren müssen, um ganz sicherzugehen.«

Dieses Gespräch gab Cooper den Rest. Trauer konnte man in fünf Stadien einteilen, aber für Verdrängung hatte er keine Geduld mehr. Viel besser war die Wut, die jetzt seine Gedanken füllte und sein Handeln steuerte. Die Hitze in ihm hatte die Grenze des Erträglichen erreicht. Er fühlte sich wie ein flammender Rachegott, der diesen Ort für immer von der Karte tilgen wollte. Das Ninjatō fester packend, wandte er sich um. Er hatte noch nie einen Menschen getötet, doch gerade fühlte er sich absolut bereit dazu. Lediglich eine plötzliche Eingebung hielt ihn ab.

Elvy trat einen Schritt zurück und versteckte sich hinter einem Operationstisch, doch Flint und Mariola sahen ihn unbeeindruckt an.

»Nimm Vernunft an, Junge!« Der Anführer des Bunkers vollführte eine beschwichtigende Geste, die rein gar nichts bewirkte.

»Holt ihn zurück!«, knurrte Cooper.

»Ihn … wiederbeleben?« Mariola wechselte einen Blick mit Flint, der fast unmerklich den Kopf schüttelte.

Cooper blieb es jedoch nicht verborgen und er forderte mit lauterer Stimme: »Jetzt sofort! Der Parasit ist besiegt, das seht ihr doch. In einem lebenden Körper kann er sich wahrscheinlich ohnehin nicht verbreiten. Also holt ihn zurück. Versucht es zumindest!« Er hasste es, wie flehend seine Stimme zum Ende hin wurde, und auch die Wut ließ ein bisschen von ihm ab. Vielleicht war er über die Phase des Leugnens doch noch nicht hinaus. Er konnte es einfach nicht akzeptieren, dass die Liebe seines Lebens fort war. Solang es eine minimale Chance gab, ihn zurückzuholen, musste man es doch probieren. Hier gab es die besten Gerätschaften, wenn eine reine Herzdruckmassage nicht reichte. Er würde es ja selbst tun, aber durch seine Verletzung würde er nicht genug Kraft aufwenden können.

Es war Elvy, die sich an ihnen vorbeidrückte und einen Defibrillator heranzog. Ihr zuzusehen, wie sie zwischen der Massage und dem Gerät wechselte, war genauso surreal wie alles andere. Das Zucken von Ticos Körper, wenn ein Stromschlag durch ihn glitt. Wie er danach immer wieder leblos in sich zusammenfiel. Das rhythmische Geräusch der Herzdruckmassage und der Mund-zu-Mund-Beatmung. Falls es klappte, würde sein Freund dann überhaupt noch derselbe sein? Was, wenn doch Teile des Parasiten in ihm überlebt hatten? Würden sie sich anpassen? Gab es einen Präzedenzfall dazu oder wäre Tico der Erste? Was bedeutete das für den Rest der Menschheit?

Endlich tat Tico einen selbstständigen Atemzug und keuchte vernehmlich. Elvys Wangen waren genauso tränennass wie Coopers, und mit einem leisen, erleichterten Schluchzen wich sie zurück, damit das Paar zueinanderfinden konnte.

»Ich bin hier!«, wisperte Cooper und war noch nie so glücklich, in diese wunderschönen Augen zu blicken. Er legte Tico die Hand an die Wange und gab ihm gefühlt tausend Küsse auf jeden Bereich seines Gesichts.

»Können wir jetzt nach Hause?«, fragte sein Freund so leise, dass wohl nur Cooper es hörte, der mit einem Nicken antwortete. Auf keinen Fall würde er sich hier festhalten lassen, nicht nach allem, was gerade geschehen war. Er hielt seine Hand und konnte einfach nicht aufhören, ihn anzusehen. Ihn so oft hintereinander fast zu verlieren, war unerträglich. Wobei ... genau genommen hatte er ihn nun einmal verloren. Tico war klinisch tot gewesen. Und dass er zu ihm zurückgekehrt war, ein riesiges Wunder.

Ein Schatten fiel auf sie beide, sodass sich Cooper gezwungen sah, den Blick zu heben, und Flint gewahr wurde, der neben ihn getreten war. »Du wirst es mir ohnehin nicht glauben, aber es ist mir wirklich nicht leichtgefallen, euch zu belügen und zum Sterben herzubringen.«

»Warum habt ihr uns überhaupt zuerst gerettet und verarztet? Die Mühe hättet ihr euch sparen können.« Es gab so viel, das Cooper einfach nicht verstand.

»Es war unklar, wie lang es noch dauern würde, bis unser Serum wirklich einsatzbereit ist«, meinte Mariola und trat neben Elvy.

»Mir ist schon aufgefallen, wie unlieb es dir ist, uns zu versorgen«, entgegnete Cooper und schnaubte.

»Sei etwas dankbarer! Dein Freund zeigt uns gerade, dass eine Impfung gegen den Parasiten möglich ist. Das ist ein enorm wichtiger Meilenstein!« Mariola verschränkte die Arme vor der Brust.

»Ihr hättet uns einfach sagen können, was ihr von uns wollt. An eine Wiederbelebung danach habt ihr offenbar nicht gedacht. Vielleicht hätten wir zusammen eine andere Lösung erarbeiten können.«

Flint seufzte schwer. »Wenn wir euch eröffnet hätten, dass ihr sterben sollt ... damit wärt ihr doch niemals einverstanden gewesen. Hätte sich einer von euch wirklich der Prozedur hingegeben, wenn wir von Anfang an die Wahrheit gesagt hätten?«

»Vielleicht«, murmelte Cooper. »Ich hätte es in Erwägung gezogen, wenn ihr dafür Tico hättet gehen lassen.«

»Du Idiot!«, flüsterte ebenjener.

»Freut euch, dass offenbar alles gut gegangen ist«, meinte Flint mit einem entschuldigenden Lächeln, das Cooper ihm am liebsten aus dem Gesicht schlagen würde.

»Ganz sicher ist das nicht. Der Parasit könnte nur verlangsamt oder noch in Spuren vorhanden sein. Und wie die *Erlösung* auf einen wiederbelebten Körper reagiert, wissen wir schon gar nicht. Wie gesagt, eigentlich müsste ich Tico mehr untersuchen.«

»Aufschneiden, meinst du. Gibt es keine andere Möglichkeit? Irgendein bildgebendes Verfahren?«, warf Cooper ein.

Mariola zuckte mit den Schultern. »Der Parasit nistet sich in der Brust ein und übernimmt von dort alle Körperfunktionen. Am sichersten wäre eine Überprüfung durch Operation, bei anderen Anwendungen könnte sich die *Erlösung* durchaus tarnen.«

Cooper presste die Lippen zusammen und musterte seinen Freund besorgt. Seine Verwandlung könnte also immer noch plötzlich und jederzeit erfolgen? Obwohl er lebte? Oder würde der Parasit einen Weg finden, ihn von innen heraus umzubringen? Das waren keine sehr aufbauende Gedanken, doch Mariola seinen Körper nach dem

Parasiten durchwühlen zu lassen und ihn erneut dabei zu töten, war überhaupt keine Option.

»Das Angebot mit dem Funk gilt. Ich nehme Tico mit nach Hause und sorge dafür, dass er wieder gesund wird. Falls sich ... etwas an seinem Zustand ändert, sage ich es euch. Aber ihr rührt ihn nicht noch einmal an.«

»In Ordnung«, willigte Flint nach einer kurzen Bedenkpause ein.

»Das ist nicht in Ordnung!«, echauffierte sich Mariola, doch ihr Anführer unterbrach ihren Wutschwall mit einer Geste. Zufrieden betrachtete Cooper, wie sie verbissen den Mund hielt.

»Elvy bringt euch zurück. Sie scheint sich an der Oberfläche ja ganz gut auszukennen. Und wiederzukommen braucht sie dann auch nicht mehr.« Flint bedachte sie mit einem grimmigen Seitenblick, der deutlich machte, wie wenig er ihr Fehlverhalten billigte.

Elvy nickte und sah tatsächlich erleichtert aus. »Wir tragen ihn zusammen. Ich packe nur rasch meinen Kram.« Damit verschwand sie aus dem Raum. Mariola und Flint bereiteten eine Liege vor, während sich Cooper noch einmal über Tico beugte und ihm einen sanften Kuss gab. »Jetzt geht es wirklich nach Hause. Und ich schwöre dir, so schnell verlassen wir das nicht noch mal.«

New world order
(Drei Monate später/Epilog)

Das Boot schaukelte sacht, als Cooper darauf stieg und sich auf der Bank niederließ. Eines der Paddel stemmte er gegen das Ufer, um Abstand dazu zu gewinnen. Anschließend nahm er auch das zweite zur Hand und begann mit dem Rudern. Mittlerweile war er diese Anstrengung gewohnt und passte seine Atmung automatisch an die Bewegungen an. Die ersten Male hatten ihm noch Tage danach sämtliche Muskeln und Knochen wehgetan, auch welche, von denen er gar nicht gewusst hatte, dass er sie besaß. Mit der Verletzung seiner Schulter hatte es ohnehin viel zu lang gedauert, bis er zu solch einer Anstrengung in der Lage gewesen war.

Es dauerte eine Weile, bis das Boot mit einem sanften Pochen an der *Santuario* andockte und Cooper es vertäuen konnte. Leichtfüßig stieg er über die Reling.

»Bin zu Hause!«, rief er und nahm seinen Rucksack ab.

Tico flitzte fast sofort aus der Luke empor, die unter Deck führte. »Eine Stunde länger und ich hätte nach dir gesucht.«

Cooper konnte gerade noch die Arme ausbreiten, da klammerte sich sein Freund schon um seinen Hals und gab ihm einen stürmischen Kuss.

»Geht es dir besser?«, wollte er leise wissen und strich ihm beruhigend über den Rücken.

»Jetzt ja. Was hat dich so lange aufgehalten?« Tico löste sich wieder und nahm ihm den Rucksack ab. Kurzerhand ließ er sich damit auf die Sitzecke fallen und wühlte darin herum.

Cooper gesellte sich zu ihm und beobachtete ihn stumm dabei. Seit ungefähr zwei Wochen hatte sein Freund Kopfschmerzattacken, die sich hartnäckig hielten. In den ersten Tagen war er vollkommen apathisch gewesen. Cooper hatte schon Angst gehabt, das wäre der Parasit, jedoch waren keine Symptome hinzugekommen.

Seine eigene Schulterverletzung heilte nur langsam, aber er hatte sich nun gezwungen gesehen, Tico zu verlassen und Elvy in ihrer Höhle aufzusuchen. Eigentlich hatte er sie dazu bewegen wollen, mitzukommen, doch sie hatte ihm lediglich ein paar Schmerztabletten in die Hand gedrückt, welche sie aus dem Bunker hatte mitgehen lassen.

»Vergiss nicht, er hatte eine Schusswunde, Fieber und war kurzzeitig tot. Der Körper steckt das nicht so einfach weg. Auch wenn schon Wochen vergangen sind. So was dauert«, hatte sie zu ihm gesagt.

»Hey, antwortest du mir heute noch?« Tico friemelte die Pillen aus dem Beutel und stürzte eine davon mit einem Schluck Wasser hinunter. »Ich erwarte, dass diese verdammten Schmerzen in ein paar Minuten weg sind. Das hält ja kein Mensch aus.«

»Immerhin geht es dir besser als letzte Woche. Vielleicht entwickelst du ja auch eine Allergie.« Cooper versuchte, sich die banalsten Dinge einzureden, um nicht mehr glauben zu müssen, diese *Erlösung* würde seinen Freund doch noch verspätet umbringen.

»Jaja ... also, erzählst du mir jetzt, was los ist?«

»Ach, das Übliche. Die Locos eben. Sie haben echt einen Narren an dem Strand gefressen. Hast du sie nicht gehört?«

»Hm ... vielleicht habe ich in der Zeit geschlafen. Und was machen wir jetzt, wenn die nicht woanders hinziehen?«

Cooper zuckte mit den Schultern und fragte sich, wie man bei dem Lärm in Ruhe pennen konnte. »Abwarten, bis sie wieder in die andere Richtung marschieren. Mit der Yacht eine größere Runde fahren, bis wir an einem nicht betroffenen Teil des Strandes landen ... Warum muss ich eigentlich die Moral aufrechterhalten? Das ist doch sonst dein Part!«

Sein Freund grinste ertappt. »Stimmt. Ich gelobe Besserung.«

Es dauerte zwei Tage, bis sich Tico so weit erholt hatte, dass sie einen gemeinsamen Ausflug wagen konnten. Cooper hätte gern noch gewartet, aber

Tico war verständlicherweise total unruhig, nachdem er ewig ans Bett gefesselt gewesen war. Er konnte es ihm also kaum verwehren, sich ein wenig die Beine zu vertreten, und würde einfach besonders gut auf ihn achtgeben müssen. Auch wenn er es gewissermaßen wollte, er konnte Tico nicht hier einsperren und auf ewig vor allen möglichen Gefahren bewahren. So funktionierte diese Welt nicht, und auch eine gesunde Beziehung sah anders aus. Er musste also irgendwie lernen, mit diesen Ängsten zu leben.

Cooper brütete über der Umgebungskarte, während sich Tico seine Schwerter und Flinte umschnallte und Coopers Harpune neben die Rucksäcke lehnte. »Und, haben wir ein Ziel, Mister?«

Die meisten Symbole und Bezeichnungen auf der Karte entstammten Ticos Feder, aber ein paar wenige hatte Elvy heute ergänzt. Nachdenklich tippte Cooper nun auf eine dieser Markierungen und erwiderte: »Hier in der Nähe ist eine Tankstelle. Elvy meinte, dort wären einige Locos gewesen, aber bei ihrem letzten Besuch waren sie fort. Sie ist nicht reingegangen, da sie genug Vorräte in ihrer Höhle hat. Angeblich kundschaftet sie die Gegend mit für uns aus.« Er schnaubte, denn er war immer noch sauer und misstrauisch.

Tico zuckte mit den Schultern. »Ist so gut wie jedes andere Ziel. Also los!«

Er war schon auf das Ruderboot gewechselt, bevor sich Cooper erhoben hatte. Wie ein kleiner Flummi – so süß wie eh und je. Das gab Cooper

Mut, denn es schien ihm wirklich gut zu gehen. Mit einem verliebten Seufzen, das aber auch ein bisschen schmerzerfüllt wegen des Narbengewebes an der Schulter war, setzte er seinen Rucksack auf und nahm die Harpune, während seine Schrotflinte Platz am Gürtel fand. Dann begab auch er sich auf das schaukelnde Boot und ließ diesmal Tico rudern, welcher eisern darauf bestand.

Als sie dem Strand näherkamen, wurden sie langsamer. Es war echt mies, dass sich die Locos auf diesen Ort eingeschossen hatten. Im Moment schien die Luft rein zu sein, weswegen Tico nun ruderte, was das Zeug hielt. Am Ufer angekommen, sprinteten die beiden in das Landesinnere und atmeten erst auf, als sie die Wellen des Meeres nicht mehr hörten.

»Hat Elvy noch irgendwas erzählt?«, wollte Tico nach einer Weile wissen.

»Was denn? Ich hab nur das Nötigste mit ihr gesprochen.«

»Sie hat dich gewarnt und mich wiederbelebt. Ich denke, du solltest ihr verzeihen.«

»Außerdem hat sie uns an der Nase herumgeführt und belogen«, erwiderte Cooper entrüstet. »Ich weiß überhaupt nicht, was ich glauben soll. Am liebsten hätte ich nie wieder etwas mit diesem Militärhaufen zu tun.«

Tico nahm seine Hand, was ihn zumindest ein bisschen beruhigte. »Du weißt, dass sie wahrscheinlich einfach weiter machen, hm? Die Daten, die sie von mir nicht bekommen konnten, holen sie sich jetzt woanders.«

Der Gedanke war Cooper auch schon gekommen, aber er hatte ihn schnell wieder verdrängt. »Solang sie uns in Ruhe lassen, können sie meinetwegen tun, was sie wollen. Es ist ja nicht per se schlecht, und sie hatten ihren Durchbruch. Ich wünschte nur, sie würden sich auf einen anderen Weg konzentrieren. Und was sie dir angetan haben, kann ich trotz allem nicht vergessen.«

Schweigend gingen sie weiter, doch Cooper konnte das Gegrübel nicht abstellen, jetzt, da er wieder damit angefangen hatte. Er schenkte Tico einen kurzen Seitenblick. Bisher hatte sein Freund jedes Gespräch abgeblockt, wenn es um die Möglichkeit ging, dass der Parasit in ihm aktiv war. Als würde er es verdrängen wollen, was Cooper ja auch verstand. Ihm würde es da wohl ähnlich gehen, und was brachte es schon, ständig darüber nachzudenken, ob sich der eigene Körper irgendwann gegen einen wenden würde? Da war es vielleicht wirklich besser, die bleibende Zeit einfach zu genießen. Für Cooper war das jedoch nicht ganz so leicht. Tico war der Mann, mit dem er seine Zukunft verbringen wollte, bis sie alt und grau waren. Und Cooper würde derjenige sein, der zurückblieb, was eine so schmerzliche Vorstellung war, dass es ihm den Boden unter den Füßen wegzog.

Wie gut, dass die Tankstelle jetzt in Sicht kam und ihn von solch düsteren Gedanken ablenkte. Tico und er wechselten in ihren Automatismus, den sie immer noch nicht verlernt hatten – obwohl sie schon eine gefühlte Ewigkeit nicht mehr gemeinsam unterwegs gewesen waren. Gebückt und so leise wie möglich, pirschten sie sich an das Gebäude heran. Dabei sicherten sie alles ab und checkten, ob sich irgendwo ein Loco versteckte. Doch es schien so zu sein, wie Elvy es gesagt hatte. Die Gegend war verlassen. Trotzdem mussten sie weiterhin vorsichtig sein, denn die vereinzelten Biester, welche in einer Starre herumstehen könnten, blieben eine Gefahr.

Das Glas der Tür, die in den Shop führte, war bereits zerschmettert, sodass sie vorsichtig über die verbliebenen Scherben klettern konnten.

»Siehst du, das ist so ein Ort, der auf jeden Fall schon geplündert ist«, flüsterte Tico.

»Oder die Locos haben ihn so zugerichtet«, hielt Cooper dagegen. Konnte doch sein, dass sie hier noch etwas Brauchbares finden würden. So schnell wollte er die Hoffnung nicht aufgeben. In manchen Dingen färbte sein Freund dann eben doch auf ihn ab.

Sie streiften durch die Regale, und Cooper musste schnell erkennen, dass sie nicht viel Glück haben würden. Einiges an Handwerkskram, das sie auf dem Boot gebrauchen könnten, steckte er in den Rucksack, so wie Pflaster und ein paar abgelaufene Schokoriegel. Vielleicht waren sie ja noch genießbar.

»Hast du mehr Glück?«, fragte er in die Stille hinein.

Da die Antwort ausblieb, erhob er sich aus der Hocke und sah sich in dem kleinen Verkaufsraum um. Tico war nicht zu sehen, aber Cooper erblickte hinter der Theke eine offene Tür. Ob er dort hineingegangen war? Und dann auch noch, ohne ihm Bescheid zu sagen?

Hastig schritt Cooper darauf zu und nahm die Harpunenkanone zur Hand. Als er die Türschwelle überschritt und sich kurz orientierte, bot sich ihm ein Anblick, den er nie wieder vergessen würde. Tico stand vor einem Loco, der so riesig war, dass er mit eingeknickten Beinen in einer Ecke hockte. Pulsierendes Fleisch bedeckte die Knochen dort und führte hinauf zum knöchernen Brustkorb. Der Oberkörper war ansonsten ein Bollwerk aus Muskeln und vielen kleineren Knochenfortsätzen, die zuckten und wie scharfe Messer wirkten. Dort, wo der Kopf sein sollte, klaffte ein Loch, aus dem zwei Tentakel wuchsen, an dem oben die Augen befestigt waren. Diese unterzogen Tico gerade eine genaue Musterung, doch ansonsten blieb das Wesen ruhig dort sitzen. So viel an dieser Szenerie war abgrundtief falsch und verstörend. Locos würden niemals derart lang warten, um ein potenzielles Opfer zu töten. Sich gegenseitig anzustarren und zu mustern, war ein Ding der Unmöglichkeit. Und warum hatte Tico die Ruhe weg und ließ sich das gefallen? Jederzeit könnte der Loco ihn einfach zermatschen.

Cooper rannte zu ihm, was die Kreatur natürlich sofort bemerkte und ein lautes Grollen ausstieß. Da sie sich nicht erheben konnte, ließ sie sich nach vorn auf die Knie fallen. Tico wich allein deswegen zurück, aber Cooper zog ihn auch sofort hinter sich, als er ihn endlich erreicht hatte. Fluchend jagte er dem Ding die Harpune durch einen der fleischigen

Arme, da die Brustplatte so nicht mehr zu erreichen war. Dann schulterte er das Gewehr, hangelte nach seiner Schrotflinte und gab damit Schüsse auf die anderen Gliedmaßen ab, sodass die Knie zerfetzten, genauso wie der zweite Arm. Falls nicht noch etwas richtig Widerliches aus dem Loch am Hals wachsen würde, war der Loco nun unschädlich gemacht. Das Grollen hörte aber nicht auf und wurde fast ohrenbetäubend. Falls Artgenossen in der Nähe waren, würden sie den Hilferuf hören. Aus dem Augenwinkel sah Cooper, wie sich Tico die Ohren zuhielt und gegen die Wand taumelte. Scheiße! Keine Zeit, den Brustkorb aufzubrechen und dem Ding sein verdientes Ende zu bereiten. Sie mussten hier weg!

Im Vorbeirennen griff Cooper nach Ticos Hand und zog ihn mit sich. Hastig bahnten sie sich ihren Weg über die Straße und hinüber zum Waldrand. Von links wurde auf die Rufe des verletzten Locos geantwortet, also schwenkte Cooper nach rechts, auch wenn das einen Umweg bedeutete. Irgendwann wurden die Geräusche leiser, doch das Paar blieb nicht stehen, bis es endlich zurück am Strand war. Hier schien es ruhig zu sein, weswegen die beiden es zum Boot schafften. Diesmal war es Cooper, der wie ein Besessener ruderte, um möglichst schnell zur Yacht zu kommen. Unruhig betrachtete er Tico, der den Blick zu Boden geheftet hatte und richtig verloren wirkte. Ein Bild, das Cooper nicht gut ertrug. Umso erleichterter war er, als sie endlich über die Reling klettern und sich erschöpft auf die Sitzecke fallen lassen konnten.

Erst als sie etwas Atem geschöpft hatten, drehte Cooper den Kopf, um seinen Freund anzusehen. »Was hast du dir nur dabei gedacht, verdammt? Das Ding hätte dich jede Sekunde umlegen können. Hast du es darauf angelegt?« Ein bisschen hatte es danach ausgesehen, und das verwirrte und verletzte Cooper gleichermaßen.

»Ich wollte doch nur sehen, was in dem Zimmer ist«, antwortete Tico matt.

»Wir sichern solche Räume gemeinsam, hast du das vergessen?« Cooper musste sich bremsen. Er wollte gar nicht so wütend sein, aber dieses Gefühl entsprang seiner Angst und der Tatsache, dass er schon wieder verflucht knapp davor gewesen war, seinen Freund zu verlieren.

»Ich weiß ... es tut mir leid.« Tico vergrub das Gesicht in den Händen und machte sich auf seinem Sitzplatz ganz klein.

Das nahm Cooper sämtlichen Wind aus den Segeln, woraufhin er nah an seinen Freund heranrückte und schützend den Arm um ihn legte. »Sagst du mir, was passiert ist? Warum hast du dich nicht gewehrt?«

Tico atmete hörbar durch und hob den Kopf wieder, um Cooper anzusehen. »Es hat mich nicht angegriffen. Nur angesehen. Wir standen bestimmt ein oder zwei Minuten so dort, bevor du reingekommen bist. Ich hab' keine Ahnung, was da passiert ist, wirklich nicht. Aber ... ich konnte mich kaum rühren. Und der Ruf am Ende ... mir ist total schwindelig geworden. Das hatte ich noch nie.«

Verdammt, das klang überhaupt nicht gut. Cooper wollte wegsehen, auf das Meer, um besser nachdenken zu können, doch Tico hielt mit den Händen sein Gesicht fest.

»Schau mich bitte weiter an. Ich hab' mich nicht verwandelt, oder? Ich bin immer noch ich?«

»Natürlich bist du das!« Cooper legte seine Hand auf Ticos und drückte sich ein bisschen mehr dagegen. »Und daran ändert sich auch nichts.«

»Wie kannst du das so sicher sagen? Was, wenn der Parasit in mir wütet und ich es gar nicht merke? Die Kreaturen aber schon und mich deshalb für einen von ihnen halten?« Tico riss immer weiter die Augen auf, während er sprach, und Cooper konnte förmlich sehen, wie sehr ihm das Herz aus der Brust springen wollte.

»Hör auf! Horrorszenarien zu malen, ist meine Aufgabe. Aber weißt du was? Du warst ja wirklich infiziert. Vielleicht reicht das schon, um die Locos glauben zu lassen, dass du kein potenzielles Opfer mehr bist.« Cooper wehrte jegliche Theorien ab, die die seines Freundes unterstützen würden. Wie jene, dass der Parasit schon für eine Evolution bei den Locos gesorgt hatte und diese nun zu komplexeren Tätigkeiten wie Klettern in der Lage waren. Wo endete so eine Weiterentwicklung? Konnte die *Erlösung* inzwischen doch in einem lebendigen Körper überleben und sie hatten ihm diese Möglichkeit gezeigt?

Tico presste die Lippen zusammen. »Wir werden das nie erfahren, Cooper. Nur wenn ich noch mal zum Bunker gehe und mich einer Untersuchung unterziehe.«

»Dich töten lässt, meinst du! Mariola hat ziemlich deutlich gemacht, dass sie dich förmlich auseinandernehmen müsste. Das lasse ich nicht zu. Ich will dich bei mir haben. So lang wie es uns noch vergönnt ist.«

»Und wenn ich dich im Schlaf töte? Oder sonst irgendwelche komischen Sachen mache?«

Cooper lehnte sich vor und verschloss Ticos Lippen mit einem sanften Kuss, bevor dieser sich noch um Kopf und Kragen redete. »Wir bleiben zusammen, um jeden Preis. Und wenn du nicht mehr daran glauben kannst, dass der Impfstoff gewirkt hat und die Infektion aus deinem Körper getilgt ist, dann mach ich das für uns beide. Das schaff' ich ganz bestimmt. Okay?«

Auf Ticos Wangen glänzten nun ein paar Tränen, aber er nickte tapfer und stürzte sich nun gänzlich in seine Arme. So saßen sie noch eine Weile da und hielten sich fest, während am Horizont die Sonne unterging. Cooper heftete den Blick auf das Abendrot und behielt die Schönheit im Herzen, obwohl dieses so schwer und ängstlich in seiner Brust schlug. Für Tico musste er stark sein, und zwar jeden Tag. Egal, was die Zukunft für sie bereithielt und das Militär in seinem Bunker noch für Experimente vornahm – sie beide waren nun außen vor. Sie hatten ihr eigenes Leben, abseits von all dem, und Cooper würde es nicht verschwenden. Auch wenn es nur noch ein paar Wochen andauern würde, so wollte er das Beste aus jedem einzelnen

Tag machen, sich und die Liebe seines Lebens in Glück baden, damit keiner von ihnen am Ende sagen konnte, die gemeinsame Zeit nicht ausgenutzt zu haben. Jeder Weg führte einen letztlich näher zum Ende, schon allein, weil die Uhr weitertickte. Einen Stillstand gab es nicht.

Und wer wusste schon, was die Zukunft brachte? Vielleicht war Tico ja auch unsterblich geworden? Alles war offen. Sich von Schreckensszenarien leiten zu lassen, war einfach keine Option.

»Ich passe auf dich auf«, sagte Cooper ernst, als sich das Sternenzelt in voller Pracht über ihnen entfaltete. Es konnte einen Glauben machen, dass man eine ganz winzige und unbedeutende Existenz führte. Cooper sah das in diesem Moment jedoch nicht so. Für ihn war Tico die Welt. Und er sah in dessen Blick, dass es umgekehrt ebenso war. Reichte das nicht, um gegen jeglichen Unbill zu kämpfen, der einem widerfuhr? Gemeinsam würden sie alles schaffen. Das war schon immer so gewesen.

Nachwort

Normalerweise erzähle ich im Nachwort immer ein wenig darüber, was mich motiviert hat, das Buch zu schreiben und wie ich inspiriert wurde. Oder auch über die Message, die ich mitgeben will. Bei *World's end. Our beginning.* ist das alles nicht so leicht, in Worte zu fassen. Im Grunde war es ein Experiment für mich (weswegen der Arbeitstitel auch genau so lautete). Ich bin ein ziemlich unromantischer Mensch, aber in fiktiven Geschichten sehe ich überall mögliche romantische Verbindungen. :-D Und ich freue mich immer total, wenn jemand zusammenkommt, auch wenn die Welt und vor allem das Schicksal dagegen zu sein scheint. Obwohl ich mich sowohl genre- als auch lesetechnisch sonst in anderen Genres bewege, wollte ich mich mit diesem Buch einmal bewusst an eine Liebesgeschichte wagen.

Aber warum habe ich sie in eine Zombieapokalypse gebettet? Das hat sicher vorrangig den Grund, dass ich postapokalyptische Szenarien mag und faszinierend finde, aber es hat auch mit der Person zu tun, der ich dieses Buch gewidmet habe. Wer mich auf Instagram verfolgt oder auch einfach nur ein wenig besser kennt, weiß, dass ich leidenschaftlich gern Rollenspiele in Foren schreibe. Und Dani habe ich in einem solchen Forum zu der Serie *The Walking Dead* kennengelernt. Ein bisschen ist diese Geschichte also auch das, was ich mit unserer gemeinsamen Reise und unseren Charakteren dort verbinde.

Außerdem spielt in *World's end. Our beginning.* auch die Hoffnung eine große Rolle. Hoffnung wird in jedem meiner Bücher thematisiert, weil man sie niemals aufgeben sollte. Egal, wie trostlos und ausweglos die Lage erscheint, es gibt immer irgendwo einen Silberstreif am Horizont. Und es lohnt sich immer, zu kämpfen. Das habe ich durch meinen Lebensweg gelernt und möchte das mit meinen Geschichten weiter tragen.

So, nun habe ich aber genug gefaselt. Es gibt natürlich auch noch ein paar Menschen, denen ich danken will. Allen voran meiner Familie und meinen Freunden. Ich sage es wohl in jeder Danksagung – aber sie sind diejenigen, die sich meine Monologe und Zweifel anhören und dabei nicht müde werden, mich zu unterstützen.

Dieses Buch hatte aus diversen Gründen keine Testleser:innen, denen ich nun danken könnte, aber beim Brainstormen geholfen haben mir natürlich Dani und auch mein Partner. Melina Coniglio hat das Buch lektoriert und korrigiert und damit für den Feinschliff gesorgt.

Das Cover stammt diesmal von Désirée Riechert und ich finde, sie hat eine großartige Arbeit geleistet. Ich hatte keine Ahnung, ob man den Fokus eher auf die Romanze oder die postapokalyptische Stimmung richten sollte, aber sie hat beides wunderbar miteinander verknüpft.

Und zu guter Letzt danke ich dir, weil du das Buch gelesen hast. Über eine Rezension würde ich mich extrem freuen.

Alles Liebe,
R. M. Amerein

Weitere Bücher der Autorin:

<u>Science Fiction</u>

<u>Archen-Odyssee</u>
Akkretion (ISBN: 978-3750461123)
Sturmglas (ISBN: 978-3753463971)
Erdfeuer (ISBN: 978-3755791836)
(Können in beliebiger Reihenfolge gelesen werden,
da es abgeschlossene Geschichten sind)

<u>Roboter-Trilogie (Atlantis Verlag)</u>
Band 1: Fading smoke (ISBN: 978-3864028267)